PERCEVAL
OU LE CONTE DU GRAAL

Anne-Marie Cadot-Colin

d'après Chrétien de Troyes

Perceval ou le conte du Graal

Prologue

Je vais vous raconter l'histoire de Perceval le Gallois. Cette histoire, je l'ai trouvée dans un livre fort ancien que le noble comte Philippe de Flandre m'a confié, à moi, Chrétien de Troyes. J'ai mis tout mon art à l'organiser pour en faire un roman bien composé, que je dédie à cet illustre seigneur.

Cette histoire de Perceval vous divertira, mais elle vous fera aussi réfléchir, car elle est pleine d'enseignement : en vous la livrant, je sème une petite graine qui, je l'espère, portera du fruit. Ce jeune homme naïf, ignorant jusqu'à son nom, puisque sa mère l'a élevé dans la profonde Forêt Déserte, deviendra un vaillant chevalier. Il prendra place à la

Table Ronde, parmi les compagnons du roi Arthur, l'illustre roi de Bretagne. Mais si ses brillants exploits font de lui l'égal de Gauvain, Lancelot ou Yvain, son véritable destin, c'est l'aventure du Graal.

Écoutez donc, nobles seigneurs et charmantes dames, ce Conte du Graal, le meilleur conte qui fût jamais conté en cour royale.

1

Une rencontre éblouissante

C'était à la saison où les arbres fleurissent, où les bois et les prés reverdissent ; les oiseaux, chacun dans son langage, chantent doucement au matin et la nature entière est en joie.

Ce jour-là, le fils de la Dame Veuve[1] de la Forêt Déserte solitaire se leva ; il eut vite fait de seller son cheval de chasse et de prendre trois javelots. Ainsi équipé, il sortit du manoir de sa mère et pensa qu'il irait voir ses paysans, qui semaient ses avoines.

Il entra dans la forêt : l'air était si doux, le chant des oiseaux si joyeux que son cœur tressaillit de joie.

---

1. C'est ainsi que l'on nomme la mère de Perceval. On verra plus loin, en effet, qu'elle a perdu son mari et ses deux fils aînés.

Tout à ce plaisir, il retira la bride à son cheval et le laissa paître dans l'herbe fraîche et verdoyante. Il aimait s'exercer au tir avec ses javelots, et il se mit à les lancer tout autour de lui, vers le haut et vers le bas, vers l'avant et vers l'arrière.

Et voilà que, tout à coup, il entendit venir à travers la forêt cinq chevaliers équipés de toutes leurs armes ; et ces armes faisaient un terrible fracas en heurtant les branches des arbres : lances, écus, hauberts s'entrechoquaient à grand bruit.

Le jeune homme entendait les arrivants, mais il ne les voyait pas encore. Stupéfait, il se dit : « Ce ne peut être que des diables ! Ma mère m'a dit, en effet, que ce sont les créatures les plus effrayantes au monde. Et elle m'a enseigné que, contre eux, la meilleure protection était le signe de croix. Mais moi, je pense qu'il vaut mieux les attaquer avec mon javelot ! »

Pourtant, quand il les vit sortir du bois, quand il vit les lances et les écus, les hauberts étincelants, les heaumes brillants, quand il vit scintiller au soleil toutes ces couleurs magnifiques, le vermeil et l'azur, l'or et l'argent, il fut émerveillé et s'écria :

— Ah ! Seigneur Dieu, pardonnez-moi ! Ce sont des anges que j'ai devant moi. Ma mère ne m'a pas menti quand elle m'a dit que les anges étaient les plus belles créatures du monde, après Dieu, qui est encore plus beau. Et c'est bien le Seigneur Dieu que je vois ici, car l'un d'entre eux est plus beau que tous les autres. Je vais donc l'honorer et l'adorer, comme ma mère me l'a appris.

Il se jeta donc à genoux pour dire toutes les prières qu'il savait. À cette vue, le maître des chevaliers dit à ses compagnons :

— Restez en arrière. Ce garçon est tombé à terre, terrifié, en nous voyant. S'il meurt de peur, il ne pourra répondre à aucune de nos questions.

Ils s'arrêtèrent alors et le chevalier se dirigea vers le jeune homme. Il le salua et lui dit pour le rassurer :

— Jeune homme, n'aie pas peur.

— Non, je n'ai pas peur. Qui êtes-vous donc ? Êtes-vous Dieu ?

— Non, par ma foi. Je suis chevalier.

— Jamais de ma vie je n'ai vu de chevalier et je n'en ai jamais entendu parler. Mais vous êtes plus beau que Dieu ! Ah, si je pouvais être comme vous, magnifique et resplendissant !

Le chevalier s'approcha de lui pour l'interroger :

— As-tu vu aujourd'hui sur cette lande cinq chevaliers et trois jeunes filles ?

Mais le jeune homme s'intéressait à tout autre chose. Il tendit la main vers la lance du chevalier et la prit :

— Cher seigneur, vous qui vous appelez « chevalier », quel est cet objet que vous tenez ?

— Me voilà bien avancé ! Je voulais te poser des questions, et c'est toi qui m'interroges ! Je te le dirai pourtant : c'est ma lance.

— Voulez-vous dire qu'on la lance, comme je le fais avec mes javelots ?

— Mais non ! Tu es bien sot, mon garçon. On en frappe son adversaire de près.

Le jeune homme saisit alors le bord de l'écu :

— Et cela, qu'est-ce que c'est ? À quoi cela sert-il ?

— Tu te moques de moi, avec tes questions. Je te répondrai cependant, car tu me plais. Ce que je porte est un écu. Et il m'est bien utile : il me protège fidèlement de tous les coups qu'on me porte.

Les compagnons du chevalier les rejoignirent et dirent à leur seigneur :

— Que vous raconte ce Gallois ?

— Il ne connaît pas les bonnes manières. Il ne répond à aucune de mes questions, mais pour chaque chose qu'il voit, il me demande son nom et ce qu'on peut en faire.

— Seigneur, vous savez bien que les Gallois sont par nature stupides[1]. Celui-ci est comme les autres. C'est folie de perdre son temps avec lui.

— Je répondrai pourtant à ses questions autant qu'il le faudra.

---

1. Les habitants du *pays de Galles* avaient, au Moyen Âge, la réputation d'être des paysans grossiers, peu civilisés.

Mais déjà le jeune homme le saisissait par le pan de son haubert :

— Dites-moi donc, cher seigneur, quel est ce vêtement ?

— Tu ne le sais pas ? C'est mon haubert, et il est lourd comme fer.

— Il est donc en fer ?

— Tu le vois bien.

— Il est très beau, mais à quoi sert-il ?

— C'est facile à expliquer : si tu voulais lancer contre moi une flèche ou un javelot, tu ne pourrais me faire aucun mal.

— Eh bien, heureusement que les biches et les cerfs n'en portent pas ! La chasse serait finie pour moi.

Le chevalier reprit alors :

— Jeune homme, vas-tu enfin me dire des nouvelles des chevaliers et des jeunes filles ?

Et l'autre, qui était vraiment bien naïf, lui dit :

— Êtes-vous né ainsi ?

— Mais non, voyons, c'est impossible !

— Qui vous a donc équipé de la sorte ?

— Je vais te le dire : c'est le roi Arthur qui m'a donné tout cet équipement, il y a cinq jours, quand il m'a en personne adoubé[1]. Mais réponds-moi

1. L'*adoubement* est la cérémonie par laquelle un jeune noble est fait chevalier, après avoir appris le métier des armes. Son armement lui est donné par le seigneur qui a assuré sa formation.

enfin : où sont passés les cinq chevaliers et les jeunes filles ?

— Seigneur, regardez là-haut cette forêt au pied de la montagne : ce sont les défilés de Valbonne. Si ces gens sont passés par là et si les paysans de ma mère les ont vus, ils vous le diront.

Il monta sur son cheval et les conduisit jusqu'aux champs où travaillaient les paysans. Et quand ceux-ci aperçurent leur seigneur, ils tremblèrent de peur. Savez-vous pourquoi ? À cause de ceux qu'ils voyaient venir avec lui tout armés. En effet, ils comprenaient bien que, si le jeune homme connaissait leurs activités et leur noble condition, il voudrait devenir chevalier, et sa mère, de chagrin, en perdrait la raison. On s'était donné tant de mal pour l'empêcher d'en apercevoir un seul !

Quand le maître des chevaliers eut enfin obtenu les renseignements qu'il souhaitait, le jeune homme lui demanda encore :

— Et ce roi qui fait les chevaliers, parlez-moi un peu de lui ! Où demeure-t-il le plus souvent ?

— Jeune homme, répondit-il, le roi séjourne à Carduel. Il n'y a pas cinq jours, il s'y trouvait et je l'ai vu. S'il n'y est plus, tu trouveras bien quelqu'un pour te renseigner.

Sur ces mots, il s'éloigna au grand galop pour rejoindre ses compagnons.

2

La Dame Veuve

Le jeune homme ne perdit pas de temps pour retourner au manoir. Son retard avait plongé sa mère dans la tristesse, mais dès qu'elle le vit, elle laissa éclater sa joie. Elle courut à sa rencontre et le serra contre elle comme une mère pleine d'amour, lui répétant cent fois : « Cher fils, cher fils ! »

— Mon fils chéri, mon cœur était tellement serré d'angoisse à cause de ton retard que j'ai failli mourir de douleur. Où t'es-tu attardé ?

— Où ? Je vous le dirai sans mentir, car j'ai vu une chose qui m'a rempli de joie. Ne m'aviez-vous pas dit que les anges de Notre-Seigneur sont plus beaux que toute créature au monde ?

— Je l'ai dit, en vérité, et je le redis encore.

— Eh bien, figurez-vous, mère, que j'ai vu aujourd'hui, dans la Forêt Déserte, les plus belles créatures qui soient, plus belles que Dieu et ses anges !

Sa mère le serra dans ses bras :

— Mon fils, que Dieu te protège, car j'ai grand-peur pour toi. Tu as vu, je crois, les anges dont tout le monde se plaint, car ils tuent ceux qu'ils atteignent.

— Non, mère, pas du tout ! Ils disent qu'ils ont pour nom « chevalier » !

À ce mot, la mère s'évanouit. Lorsqu'elle reprit ses esprits, elle laissa parler son chagrin :

— Hélas, quelle triste destinée que la mienne ! Mon fils chéri, je croyais bien te tenir à l'écart de la chevalerie : tu n'en aurais rien vu, tu n'en aurais même pas entendu parler ! Et pourtant, tu aurais dû être chevalier, mon fils, si Dieu t'avait conservé ton père : nul n'était plus estimé et redouté que lui dans toutes les Îles de la Mer. Tout comme moi, il était né d'un noble et excellent lignage[1]. Mais de grands malheurs s'abattirent sur nous. Ton père fut blessé aux jambes et demeura infirme. Il perdit son domaine, ses trésors, tous ses biens, et tomba dans

1. Le *lignage* est l'ensemble des personnes d'une même famille. Au Moyen Âge, il est très important, pour un chevalier, d'avoir des ancêtres nobles et renommés.

une grande pauvreté. Après la mort d'Uter Pendragon, père du bon roi Arthur, les terres furent dévastées. Ton père put fuir vers ce simple manoir qu'il possédait dans la Forêt Déserte : il s'y fit porter en litière. Tu étais encore un tout petit enfant au sein, mais tu avais deux frères aînés très beaux. Quand ils furent grands, ils allèrent dans des cours royales pour obtenir armes et chevaux. L'aîné chez le roi d'Escavalon, le second chez le roi Ban de Gomeret. Le même jour ils furent adoubés, et le même jour ils voulurent, pour partager leur joie avec leur père et leur mère, rentrer à la maison. Ils périrent ensemble, massacrés sur le chemin du retour. Leur père mourut de chagrin, et moi, je connus la vie bien amère d'une veuve. Tu étais mon unique consolation, mon unique bien. Dieu ne m'avait rien laissé d'autre.

Mais le jeune homme prêtait bien peu d'attention à ce que sa mère lui racontait :

— Donnez-moi à manger, fit-il. Je ne sais de quoi vous me parlez. Mais ce que je voudrais vraiment, c'est aller trouver le roi qui fait les chevaliers ! Et j'irai, rien ne m'en empêchera !

La mère, autant qu'elle le put, retarda son départ. Elle l'équipa d'une grossière chemise de chanvre, et de braies[1] à la mode du pays de Galles. Avec cela,

---

1. Pantalons courts qui descendent jusqu'aux genoux. Les braies sont raccordées aux chausses, qui couvrent jambes et pieds.

une cotte[1] et un capuchon en cuir de cerf. Elle parvint ainsi à le retarder trois jours, mais pas plus. Quand vint le moment du départ, elle l'embrassa et le serra contre elle en pleurant :

— Ma douleur est immense, mon fils, de te voir partir. Tu iras à la cour du roi et tu lui demanderas des armes. Elles ne te seront pas refusées : il te les donnera, je le sais bien. Mais quand il faudra t'en servir, comment feras-tu ? Tu ne l'as jamais fait ni vu faire. Comment pourras-tu t'en tirer ? Bien mal, je le crains.

« Je veux cependant te donner un enseignement, mon cher fils. Écoute-le bien, il te sera profitable. Tu seras chevalier d'ici peu, mon fils, et je l'accepte. Si tu rencontres une dame ou une jeune fille qui ait besoin d'assistance, sois toujours prêt à l'aider : c'est le comportement d'un homme d'honneur. Sois au service des dames et des demoiselles, et si tu courtises l'une d'entre elles, prends garde à ne pas l'importuner. Ne fais rien qui lui déplaise : si une jeune fille t'accorde un baiser, c'est déjà beaucoup ; n'en demande pas davantage. Et si elle a un anneau au doigt ou une aumônière[2] à sa ceinture, et qu'elle t'en fait cadeau, accepte-les. Voilà tout ce que je te permets. Cher fils, encore un conseil : si, pour quelque

1. Tunique portée par les hommes et les femmes de toute condition.

2. Petit sac, souvent richement brodé, que l'on porte à la ceinture ; il contient des aumônes pour les pauvres.

temps, tu fais route avec un compagnon, ou si tu partages un logis avec quelqu'un, ne reste jamais longtemps sans demander son nom ; c'est par le nom qu'on connaît l'homme. Parle aux gens de bien et fréquente-les : un homme d'honneur ne donne que de bons conseils. Enfin, par-dessus tout, je veux que tu ailles dans les églises et les monastères pour prier Notre-Seigneur, afin que tu aies, dans ce monde, une conduite digne d'un bon chrétien.

— Mère, fit-il, qu'est-ce qu'une église ?

— C'est un endroit où l'on célèbre Dieu le Créateur, qui fit le ciel et la terre, et y mit les hommes et les bêtes.

— Et qu'est-ce qu'un monastère ?

— C'est la même chose : une maison belle et très sainte qui contient des reliques[1] et des trésors. On y dit la messe en mémoire de Jésus-Christ, qui souffrit la Passion[2] et fut crucifié pour sauver les hommes et les femmes. Pour louer ce Seigneur, je te conseille d'aller dans les monastères.

— J'irai donc bien volontiers dans les églises et les monastères, je vous le promets.

Alors, sans plus attendre, il prit congé ; sa mère

1. Restes des saints (morceaux d'os ou de vêtement) que l'on conserve dans les églises et les monastères. Elles étaient le but de nombreux pèlerinages.

2. Pour les chrétiens, Jésus-Christ, par ses souffrances (*Passion*) et sa mort sur la croix (*crucifixion*), a sauvé les humains du péché.

pleurait, mais déjà la selle était mise au cheval. Il était équipé à la mode des Gallois, avec de gros brodequins[1] aux pieds. Il voulait emporter ses trois javelots, comme d'habitude, mais sa mère lui en fit laisser deux, pour qu'il n'ait pas trop l'air d'un Gallois. Dans sa main droite, il tenait une baguette d'osier pour fouetter son cheval.

Sa mère demanda à Dieu de le protéger :

— Cher fils, où que tu ailles, que Dieu te donne plus de joie qu'il ne m'en reste à moi !

Quand le jeune homme se fut éloigné d'un jet de pierre, il regarda en arrière et vit sa mère tombée par terre évanouie, comme morte. Mais lui cingla la croupe de son cheval de sa baguette ; l'animal bondit et l'emporta à bonne allure vers la grande forêt obscure.

1. Solides chaussures de cuir montantes.

3

La jeune fille de la tente

Le jeune homme chevaucha toute la journée et passa la nuit dans la forêt. Au matin, avec le chant des oiseaux, il reprit la route. Il aperçut alors une tente dans une verte prairie, à côté d'une source. Cette tente était extraordinairement belle : vermeille d'un côté, verte de l'autre, et décorée de bandes brodées d'or ; au sommet, un aigle d'or que les rayons du soleil faisaient briller. Le jeune homme alla vers la tente en se disant : « Seigneur, c'est votre maison que je vois ! Elle avait bien raison, ma mère, de me dire qu'une église est la plus belle chose au monde. Je vais aller adorer Dieu le Créateur ; et je lui demanderai de me donner aujourd'hui de quoi manger, car j'ai grand-faim. »

Il arriva à la tente et la trouva ouverte. Au milieu, un lit magnifique recouvert d'un drap de soie. Sur ce lit, une demoiselle était endormie. Ses suivantes étaient allées cueillir des fleurs fraîches. Quand le jeune homme entra, son cheval trébucha, et la jeune fille s'éveilla en sursaut. Naïvement, il lui dit :

— Demoiselle, je vous salue, comme ma mère me l'a appris. Elle m'a bien recommandé de saluer les jeunes filles.

La demoiselle tremblait de peur, car le garçon lui semblait fou. Elle-même se tenait pour folle d'être restée ainsi toute seule.

— Jeune homme, passe ton chemin, lui dit-elle, avant que mon ami ne te trouve ici !

— Avant de partir, je dois vous donner un baiser ! C'est ce que ma mère m'a enseigné.

— Jamais tu ne m'embrasseras, répondit-elle. Fuis avant que mon ami ne vienne ! Il s'appelle l'Orgueilleux de la Lande, et c'est un chevalier redoutable : il te tuera !

Mais le jeune homme était robuste. Il la prit dans ses bras maladroitement ; elle eut beau se débattre, il l'immobilisa et lui prit vingt baisers à la suite, sans qu'elle puisse l'en empêcher.

C'est alors qu'il vit à son doigt un anneau orné d'une belle émeraude.

— Ma mère m'a dit aussi de prendre votre anneau. Allons, donnez-le-moi, je le veux !

— Mon anneau, tu ne l'auras jamais. Il faudra me l'arracher de force !

Le jeune homme lui prit la main, déplia le doigt de force et saisit l'anneau. Il le mit à son doigt en disant :

— Jeune fille, grand merci ! Je suis fort content de vous avoir rencontrée : vos baisers étaient bien agréables.

Elle se mit à pleurer, le suppliant :

— N'emporte pas mon petit anneau ! J'aurai de graves ennuis, et toi, tu risques de perdre la vie, tôt ou tard, je te l'assure.

Mais le jeune homme ne s'en souciait guère. Ce qui le tourmentait, c'était qu'il mourait de faim. Il vit un petit tonneau de vin, avec un hanap[1] d'argent ; à côté, une serviette bien blanche. Il la souleva et trouva dessous trois pâtés de chevreuil. Tout content, il entama de bon appétit un des pâtés et se versa du vin dans la coupe d'argent. Ce vin était délicieux et il en but de grandes rasades. Après cela, il se tourna vers la jeune fille :

— Demoiselle, je ne pourrai pas manger à moi tout seul ces pâtés. Venez m'aider, ils sont excellents. Chacun aura le sien, et il en restera encore un !

---

1. Coupe à boire en métal, montée sur un pied, parfois avec des anses ou un couvercle.

Mais la jeune fille ne cessait de pleurer à chaudes larmes. Elle le laissa manger et boire autant qu'il le voulait. Quand il eut fini, il lui dit adieu :

— Que Dieu vous protège, chère amie ! Ne vous faites pas de souci pour cet anneau que j'emporte. Je saurai bien vous en récompenser.

La jeune fille resta seule, en larmes. Elle savait bien qu'à cause de lui elle devrait souffrir honte et tourments. Elle aurait à subir de grands malheurs, et ce n'était pas lui qui pourrait l'aider.

Peu de temps après, l'Orgueilleux de la Lande revint de la chasse. Il vit les traces des sabots d'un cheval, et cela lui déplut. Trouvant son amie qui pleurait, il lui dit :

— Demoiselle, je vois bien à ces traces qu'un chevalier est passé par là.

— Non, seigneur, je vous le jure. C'est seulement un jeune Gallois déplaisant, vulgaire et sot, qui a bu de votre vin et mangé vos trois pâtés.

— Et c'est pour cela que vous pleurez ? Il aurait bien pu boire et manger le tout, cela m'est bien égal !

— Ce n'est pas tout, seigneur. Il m'a arraché mon anneau et l'a emporté avec lui. J'aurais préféré être morte !

L'autre se troubla et dit, plein de colère :

— Ma foi, c'est un grand outrage ! Mais n'y a-t-il eu rien d'autre ? J'ai l'impression que vous me cachez quelque chose !

— Seigneur, il m'a pris un baiser.

— Un baiser ?

— Eh oui, mais ce fut malgré moi.

— Non, non, dites plutôt que cela vous a bien plu ! Vous n'avez guère résisté. Croyez-vous que je ne vous connaisse pas ? Je sais comment sont les femmes. Eh bien, sachez que vous avez pris un mauvais chemin, car je vais me venger. Votre cheval n'aura plus d'avoine ; s'il meurt, vous me suivrez à pied. Quant à vous, vous n'aurez pas d'autres vêtements que ceux que vous portez aujourd'hui ; ils pourront tomber en lambeaux. Et ce châtiment durera jusqu'à ce que je puisse trancher la tête de celui qui m'a fait un tel affront.

4

À la cour d'Arthur

De son côté, le jeune homme avait repris la route. Il chevaucha tant et si bien qu'il rencontra un charbonnier menant un âne.

— Brave homme, dit-il, indique-moi le chemin le plus court pour aller à Carduel. Je veux voir le roi Arthur, car on m'a dit qu'il fait des chevaliers.

— Va dans cette direction, mon cher ami, et tu verras un château au bord de la mer. C'est là que tu trouveras le roi Arthur, à la fois joyeux et triste.

— Vas-tu me dire pourquoi le roi est joyeux et triste ?

— Oui, bien sûr. Le roi Arthur, avec toute son armée, a combattu contre le roi Rion des Îles, et il l'a vaincu : c'est cela qui le rend joyeux. Mais il est triste car ses compagnons l'ont quitté pour aller se reposer dans leurs châteaux. Il est sans nouvelles d'eux, et cela l'afflige beaucoup.

Le jeune homme ne s'intéressait guère à ces nouvelles ; il se contenta de suivre le chemin indiqué. Arrivé devant un magnifique château au bord de la mer, il vit, sortant par la grande porte, un chevalier armé portant dans sa main droite une coupe d'or ; de la gauche, il tenait sa lance et son écu. Son armure était d'une couleur vermeille éclatante. Elle plut beaucoup au jeune homme qui se dit : « Ma foi, voilà les armes que je vais demander au roi. Je serais ravi qu'il me les donne. »

Il s'élança alors vers le château, et quand il fut tout près du chevalier, celui-ci l'interpella :

— Où vas-tu donc ainsi ?

— Je veux aller à la cour du roi pour lui demander ces armes.

— Tu as bien raison, mon garçon. Va, et reviens vite. Tu pourras dire à ce mauvais roi qu'il doit me rendre ma terre ou devenir mon vassal, car je la revendique : elle est à moi. S'il refuse, qu'il envoie quelqu'un pour me combattre. Tu peux me croire : je viens de lui prendre cette coupe d'or, dans laquelle il était en train de boire.

Le jeune homme n'avait guère écouté ces paroles. Il arriva à la cour où le roi et les chevaliers étaient assis pour le repas. C'était au rez-de-chaussée, dans la grande et belle salle pavée ; le jeune Gallois y entra à cheval ! Le roi Arthur était assis au bout de la table, plongé dans ses pensées. Les autres chevaliers discutaient et plaisantaient joyeusement. Le roi seul restait pensif et muet.

Lorsque le jeune homme s'avança, il ne sut qui saluer, car il ne connaissait pas le roi. Il vit alors un écuyer[1] appelé Yonet, un couteau à la main, et se dirigea vers lui pour lui demander :

— Toi qui tiens un couteau, dis-moi donc qui est le roi.

— Ami, tu peux le voir ici, lui répondit Yonet fort courtoisement.

Le jeune homme se dirigea aussitôt vers le roi et le salua de la façon qu'il savait. Celui-ci, plongé dans ses pensées, ne dit pas un mot. Le garçon lui adressa la parole à nouveau. Le roi demeura pensif et muet.

« Ma foi, se dit le jeune homme, ce roi n'a jamais fait de chevaliers. On ne peut en tirer un mot. Comment pourrait-il faire un chevalier ? »

Aussitôt, il s'apprêta à repartir et fit tourner bride à son cheval. Mais il l'avait mené si près, comme un homme mal élevé, que la tête de l'animal heurta le chapeau du roi et le fit tomber sur la table. Le roi, relevant la tête, sortit enfin de ses pensées :

---

1. Jeune noble qui fait son apprentissage de chevalier. Entre autres choses, il apprend à s'occuper des armes et à servir à la table du seigneur.

— Cher ami, dit-il, soyez le bienvenu ! Ne m'en veuillez pas, si je n'ai pas répondu à votre salut. J'étais plongé dans la tristesse : mon pire ennemi, plein de haine et d'insolence, vient de me contester ici même ma terre : il menace de s'en emparer et il est assez fou pour me défier. Il se nomme le Chevalier Vermeil. La reine était venue s'asseoir auprès de moi pour réconforter les blessés. Quand le chevalier s'est emparé de ma coupe par défi, il l'a enlevée si furieusement qu'il a répandu tout le vin sur la reine. C'était un geste grossier et ignoble, et la reine, pleine de douleur et de colère, s'est retirée dans sa chambre, où elle se meurt de chagrin.

Le jeune homme se moquait totalement de ce que le roi pouvait bien lui raconter : sa douleur, la honte de la reine, tout cela lui était indifférent.

— Faites-moi chevalier, seigneur roi, car je veux m'en aller !

Ses yeux brillaient, clairs et vifs, dans son visage. Personne, voyant ce jeune sauvage, ne le jugeait bien sensé ; malgré cela, tous lui trouvaient l'air beau et noble.

— Ami, dit le roi, descendez de votre cheval et confiez-le à ce jeune homme. Vous serez fait chevalier comme vous le voulez, je m'y engage devant Dieu.

— Mais ils n'étaient pas descendus de cheval, ceux que j'ai rencontrés sur la lande ! Et vous voulez que je descende ! Jamais, je le jure sur ma tête ! Faites vite, et je m'en irai.

— Mon cher ami, je le ferai bien volontiers, pour notre bien à tous deux.

— Par ma foi, mon cher seigneur le roi, je ne veux pas attendre des mois ! Je veux être Chevalier Vermeil : donnez-moi les armes de celui que j'ai rencontré devant votre porte, avec votre coupe d'or !

Le sénéchal[1] Keu lui dit avec colère :

— Eh bien, allez-y, mon ami ! C'est votre droit, allez lui enlever ses armes : elles sont à vous !

— Keu, lui dit le roi, cessez de dire des méchancetés à n'importe qui ! Ce garçon est naïf et ignorant, mais il est peut-être d'un noble lignage. Il lui a seulement manqué un bon maître pour faire son éducation, et il peut encore devenir un chevalier vaillant et sage. Quant à vous, sachez qu'il est détestable, pour un homme de bien, de se moquer d'autrui.

Pendant que le roi réprimandait Keu, le jeune homme, sur le point de partir, vit une jeune fille, belle et gracieuse, qu'il salua. Elle lui rendit son salut et se mit à rire en le regardant :

— Jeune homme, si tu vis assez longtemps, mon cœur me dit que, dans le monde entier, il n'y aura

---

1. Seigneur important dans la cour d'un roi, le *sénéchal* a la charge de l'intendance et des expéditions militaires.

meilleur chevalier que toi. Nul ne pourra te surpasser, j'en ai la certitude.

Or la jeune fille n'avait jamais ri depuis six ans, et elle parla très fort, si bien que tous l'entendirent. Keu, furieux, lui donna une gifle si violente qu'il la fit tomber à terre. Le fou de la cour se tenait près de la cheminée : le sénéchal, plein de colère, lui lança un coup de pied qui l'envoya rouler dans le feu ardent. En effet, le fou avait coutume de prédire : « Cette jeune fille ne retrouvera le rire que le jour où elle verra le chevalier qui surpassera tous les autres par sa vaillance. »

Le jeune homme ne s'attarda pas et repartit en quête du Chevalier Vermeil. Mais Yonet, qui connaissait tous les raccourcis, le suivit en courant jusqu'au chemin où le chevalier se tenait, attendant l'exploit et l'aventure ; il avait posé la coupe d'or à côté de lui sur une grosse pierre. Le jeune homme arriva à toute allure pour conquérir les armes et cria, dès qu'il fut assez près :

— Déposez ces armes à terre, enlevez-les ! Par ordre du roi Arthur !

— Dis-moi, garçon, personne n'a donc l'audace de venir ici défendre la cause du roi ?

— Comment ? Par tous les diables, seigneur chevalier, vous plaisantez ! Vous n'avez pas encore déposé vos armes ?

— Quelqu'un va-t-il venir se battre contre moi ?

— Seigneur chevalier, dépêchez-vous d'ôter ces armes, sinon je le ferai moi-même. Sachez que je vais vous frapper, si vous me faites encore attendre !

Le Chevalier Vermeil fut pris de colère et, du bois de sa lance, frappa le garçon en travers des épaules, le faisant tomber en avant sur le cou de son cheval.

Le jeune homme, furieux d'être ainsi atteint, saisit son javelot et, visant du mieux qu'il pouvait, le lui lança dans l'œil. L'arme pénétra dans le crâne à travers l'œil jusqu'à la nuque. Le sang et la cervelle giclèrent et le chevalier tomba à terre, mort.

Le jeune homme descendit de cheval ; il mit de côté la lance et l'écu. Mais il ne parvint pas à prendre le heaume ni à détacher l'épée du côté : impossible de la tirer du fourreau ! Le voyant si embarrassé, Yonet se mit à rire :

— Que faites-vous là, mon ami ?

— Je ne sais pas trop. Je croyais que le roi m'avait donné ces armes, mais elles tiennent si bien au corps que je ne peux séparer le dedans du dehors. J'aurais plus vite fait de découper le corps en grillades que de chercher à détacher ces armes !

Aussitôt, Yonet déshabilla le mort de la tête aux pieds : haubert, chausses, heaume, le jeune homme reçut toutes les pièces de l'armure. Mais il ne voulut pas abandonner ses propres vêtements. Pas question, malgré les conseils d'Yonet, de prendre la cotte de soie rembourrée à porter sous l'armure. Pas question de laisser ses bons brodequins.

— Comment, dit-il à Yonet, c'est une plaisanterie ! Pourquoi diable faudrait-il changer les bons habits que ma mère m'a donnés contre ceux de ce chevalier ? Ma solide chemise de chanvre, ma tunique de cerf qui ne laisse pas passer une goutte d'eau, contre ces vêtements minces et fragiles, qui ne valent rien ?

Impossible de convaincre un fou ! Il ne voulut prendre que les armes. Yonet lui laça les chausses, fixa tant bien que mal les éperons sur les brodequins, puis le revêtit du haubert. Il plaça sur sa tête le heaume et lui montra comment ceindre l'épée de façon à la tirer facilement. Il lui mit le pied à l'étrier et le fit monter sur le destrier[1] : il lui apprit à se servir des éperons, lui qui n'avait jamais eu qu'une baguette d'osier. Il lui donna enfin l'écu et la lance. Avant de s'en aller, le garçon lui dit :

— Ami, vous pouvez garder mon cheval de chasse : je vous le donne, car il est très bon. Vous rapporterez sa coupe au roi et le saluerez de ma part. Quant à la jeune fille que Keu a giflée, vous pouvez lui dire qu'elle sera un jour vengée.

Yonet revint au château pour remplir sa mission.

---

1. Cheval de bataille, rapide et fougueux, dressé pour le combat à la lance. On le ménage et, quand le chevalier ne le monte pas, l'écuyer le mène à côté en le guidant par la main droite (*dextre*).

Devant tous les seigneurs rassemblés dans la grande salle, il rendit sa coupe au roi :

— Seigneur, dit-il, réjouissez-vous. Votre chevalier, qui était ici tout à l'heure, vous renvoie votre coupe.

— De quel chevalier parles-tu ?

— Par Dieu, Seigneur, je parle du jeune Gallois.

— Celui qui m'a demandé les armes vermeilles du chevalier qui m'avait outragé ?

— Oui, seigneur, c'est lui.

— Et comment a-t-il eu ma coupe ? Le chevalier l'a-t-il rendue de bon gré ?

— Pas du tout. Le jeune homme l'a bel et bien tué !

— Et comment donc ?

— Seigneur, voilà ce que j'ai vu : le chevalier l'a frappé rudement de sa lance, et le jeune homme a répliqué en lui envoyant son javelot dans l'œil. Il lui a fait gicler le sang et la cervelle et il l'a étendu raide mort sur le sol.

— Ah ! Keu, dit le roi, comme vous m'avez fait du tort ! Votre méchante langue m'a privé d'un chevalier de valeur, qui m'a rendu aujourd'hui un grand service.

— Seigneur, dit Yonet, j'ai aussi un message pour la suivante de la reine, que Keu a frappée par dépit : il la vengera, s'il peut en avoir l'occasion.

À ces mots, le fou, qui était assis près de la cheminée, bondit de joie et dit au roi :

— Seigneur roi, voici venu le temps des aventures : elles seront cruelles et redoutables ! Et je vous garantis ceci : Keu peut être sûr et certain qu'avant quarante jours, le chevalier aura vengé le coup de pied que j'ai reçu, et la gifle qu'il a donnée à la jeune fille. Il aura le bras brisé et devra le porter en écharpe pendant six mois !

Le roi Arthur se désolait :

— Hélas, Keu, quelle peine vous m'avez causée aujourd'hui ! Si l'on avait formé et éduqué ce jeune homme pour qu'il puisse se servir de la lance et de l'écu, il aurait fait un bon chevalier. Mais il ne sait même pas manier l'épée ! Il va rencontrer une brute qui l'attaquera pour lui voler son cheval ; il ne saura se défendre et sera tué ou blessé.

Ainsi se lamentait le roi. Le voilà à nouveau plongé dans de tristes pensées.

5

Perceval chez Gornemant

Le jeune homme chevaucha sans s'arrêter à travers la forêt et parvint dans une vaste plaine où coulait une rivière aux eaux noires et profondes. Il suivit la rive, le long d'un haut rocher, et aperçut un château puissant et magnifique. Au milieu se dressaient le donjon et, tout autour, une solide muraille avec une tour plus basse à chacun des quatre coins. Le château, magnifiquement bâti, était aussi très confortable à l'intérieur. Il était défendu par un pont-levis, qui était baissé dans la journée, mais que l'on relevait la nuit.

Sur ce pont se tenait un noble seigneur, habillé d'hermine, qui se promenait en compagnie de deux écuyers. Il vit venir à lui le jeune homme et l'attendit. L'arrivant avait bien retenu les conseils de sa mère ; il le salua en ajoutant :

— Seigneur, c'est ce que m'a enseigné ma mère.

— Dieu te bénisse, mon frère, répondit le seigneur, qui avait bien compris, à ses paroles, que le garçon était naïf et sot. Et d'où viens-tu, cher frère ?

— D'où ? De la cour du roi Arthur !

— Qu'y as-tu fait ?

— Le roi, que Dieu le protège, m'a fait chevalier.

— Chevalier ! Par ma foi, je ne pensais pas qu'il avait à l'esprit de faire des chevaliers. Et dis-moi donc, noble frère, qui t'a donné ces armes ?

— Le roi me les a données.

Et il lui raconta comment tout cela était arrivé. Le seigneur lui demanda alors ce qu'il savait faire de son cheval.

— Je le fais courir partout où je veux, tout comme je faisais avec le cheval de chasse que j'avais dans la maison de ma mère.

— Et tes armes, mon ami, que sais-tu en faire ?

— Je sais les revêtir et les ôter, comme m'a appris le jeune homme qui, devant moi, désarma celui que j'avais tué. Et je les porte facilement, car elles ne me gênent en rien.

— Par Dieu, j'en suis bien content, fit le seigneur. Dis-moi donc maintenant, si tu le veux bien, ce qui t'amène ici.

— Seigneur, ma mère m'a enseigné d'aller vers

les hommes de bien, de leur demander des conseils et de les suivre, car j'en tirerais grand profit.

— Cher frère, bénie soit ta mère, car elle t'a bien conseillé. As-tu autre chose à ajouter ?

— Oui, j'aimerais que vous m'hébergiez aujourd'hui.

— Très volontiers, mais à une condition. Accorde-moi une faveur qui pourra t'être très profitable.

— Quoi donc ?

— Que tu aies confiance en mes conseils comme en ceux de ta mère.

— Ma foi, je vous l'accorde.

Le jeune homme mit pied à terre. L'un des jeunes gens prit son cheval et l'autre le désarma. Et il se retrouva dans ses vêtements ridicules, avec ses brodequins et la cotte de cerf mal faite et mal taillée que sa mère lui avait donnée.

Le noble seigneur se fit chausser les éperons d'acier tranchant, sauta sur le cheval, suspendit l'écu à son cou et saisit la lance.

— Ami, dit-il, apprends maintenant à te servir des armes et observe comment on doit tenir une lance, piquer des éperons et retenir son cheval !

Il déploya alors le gonfanon[1] et lui apprit à tenir son écu : il le laissa pendre en avant de manière à

---

1. Sorte de drapeau que l'on attache à la lance : tout comme l'écu, il porte les armoiries (emblèmes) du chevalier ; il permet de l'identifier, ce qui est indispensable puisque son visage est caché par le heaume.

toucher le col du cheval. Il mit la lance en arrêt et éperonna le destrier, une bête excellente, docile, rapide et robuste. Le seigneur était expert dans le maniement de l'écu, du cheval et de la lance, car il l'avait appris dès l'enfance. Quand il eut fait sa démonstration, il revint vers le jeune homme qui l'avait regardé, émerveillé, en notant le moindre détail. Il lui demanda :

— Serais-tu capable de manier la lance et l'écu, d'éperonner et mener le cheval ?

L'autre lui répondit bien franchement :

— Seigneur, je ne veux pas vivre un jour de plus sans savoir faire cela. C'est mon plus cher désir !

— Ce qu'on ne sait pas, on peut l'apprendre, si l'on veut s'en donner la peine. Mon cher ami, dans tous les métiers, il faut effort, courage et expérience. Ce sont les trois conditions pour acquérir n'importe quel savoir. Mais puisque tu ne l'as jamais fait ni vu faire par quiconque, il est normal que tu l'ignores : il n'y a aucune honte à cela.

Il le fit monter à cheval, et le jeune homme se servit de la lance et de l'écu, comme s'il avait toujours vécu parmi les tournois et les guerres ou parcouru le monde en quête de batailles et d'aventures. Tout cela lui venait de Nature[1] : lorsque Nature est favo-

---

1. Au Moyen Âge, on nomme *Nature* l'ensemble des dispositions qu'une personne possède de naissance, avant que l'éducation intervienne.

rable et que l'on y met tout son cœur, rien ne peut être difficile. Le noble seigneur était ravi des bonnes dispositions de son élève.

Quand le garçon eut achevé son tour, il revint lance levée, comme il l'avait vu faire, et demanda :

— Seigneur, m'en suis-je bien tiré ? Croyez-vous que mes efforts porteront leur fruit ? Je n'ai jamais rien vu que je désire à ce point. Je voudrais en savoir autant que vous !

Trois fois de suite, le seigneur monta, par trois fois il lui apprit tout ce qu'il savait dans le maniement des armes. Puis il le fit monter trois fois devant lui. À la dernière, il lui dit :

— Ami, si tu affrontes un chevalier, que feras-tu s'il te frappe ?

— Je le frapperai à mon tour.

— Et si ta lance se brisait ?

— Eh bien, il ne me resterait plus qu'à me servir de mes poings !

— Pas du tout, mon ami. Tu irais l'attaquer à l'épée !

Le seigneur lui enseigna alors comment manier l'épée, pour qu'il sache se mettre en garde en cas d'attaque, ou attaquer lui-même à l'occasion. Puis il lui mit la main à l'épée :

— Ami, c'est ainsi que tu te défendras, si l'on t'assaille.

— Par Dieu, j'en sais déjà beaucoup sur ce point.

Chez ma mère, je me suis exercé jusqu'à épuisement à pourfendre coussins ou planches !

— Rentrons donc maintenant à la maison, dit le seigneur. Tu y seras bien hébergé ce soir.

Et le jeune homme demanda à son hôte :

— Seigneur, ma mère m'a appris à ne pas rester longtemps avec quelqu'un sans savoir son nom. Je veux donc vous demander le vôtre.

— Mon cher ami, je me nomme Gornemant de Goort.

Ils arrivèrent ainsi au château main dans la main. Comme ils montaient les marches, un écuyer accourut pour lui présenter un manteau, afin qu'il ne prît pas froid après s'être donné de l'exercice. La demeure était somptueuse et le service parfait. Le repas fut préparé et présenté avec élégance. Après s'être lavé les mains, ils s'installèrent à table et le seigneur fit manger le jeune homme à côté de lui, dans la même écuelle[1]. Je n'en dirai pas davantage sur le repas, qui était de grande qualité.

Quand ils eurent quitté la table, le seigneur, qui était très courtois, le pria de rester chez lui tout un mois, et même une année. Il désirait lui enseigner tout ce qu'il savait. Mais le jeune homme lui répondit :

---

1. Conduire quelqu'un *par la main*, lui présenter un *manteau* d'apparat, partager avec lui son *écuelle* ou sa coupe : ce sont, au Moyen Âge, des gestes d'hospitalité destinés à honorer un hôte.

— Seigneur, je ne sais si je suis loin ou près du manoir de ma mère, mais je prie Dieu qu'il me conduise à elle pour la revoir encore. Je l'ai vue tomber évanouie au bout du pont, devant sa porte, et j'ignore si elle est vivante ou morte. C'est le chagrin qu'elle éprouva lors de mon départ qui la fit tomber évanouie. Je partirai demain au lever du jour, car je ne peux demeurer plus longtemps ici sans avoir de ses nouvelles.

Le seigneur comprit qu'il était inutile de discuter et ils allèrent se coucher.

Au petit matin, le seigneur se leva et rejoignit le jeune homme dans sa chambre. Il lui fit apporter une chemise et des braies de fine toile de lin, des chausses teintes en rouge et une cotte de soie violette, tissée en Inde.

— Ami, si tu veux me croire, voici les vêtements que tu vas porter.

— Seigneur, vous voulez que je mette ces vêtements ? Ceux que ma mère m'a faits ne sont-ils pas bien meilleurs ?

— Non, mon ami. Je t'assure qu'ils valent bien moins. Ne m'as-tu pas promis, en venant ici, que tu ferais tout ce que je te demanderais ?

— Ainsi ferai-je. Je ne m'opposerai à vous en rien.

Il ne tarda pas à revêtir les vêtements, abandonnant ceux de sa mère. Le seigneur se courba pour lui chausser l'éperon droit : c'était alors la coutume lorsqu'on adoubait un chevalier. Chacun voulut lui donner une pièce de son armement. Gornemant enfin prit l'épée, il la lui ceignit en lui donnant l'accolade[1] :

— Avec l'épée, je te confère l'ordre de chevalerie, l'ordre le plus élevé que Dieu ait créé, un ordre qui n'admet aucune bassesse.

Puis il ajouta ces paroles, pour l'instruire de ses devoirs :

— Cher frère, souviens-toi bien de ceci : si tu as le dessus dans un combat avec un chevalier et si ton adversaire implore sa grâce, surtout, ne le tue pas : épargne-le ! Garde-toi aussi d'être trop bavard : celui qui ne sait pas tenir sa langue finit toujours par dire quelque chose de blâmable. S'il t'arrive en chemin de trouver quelqu'un dans la détresse, homme ou femme, dame ou demoiselle, viens-lui en aide, tu feras bien. Une dernière chose enfin, mais très importante : entre souvent dans les églises pour prier Dieu le Créateur, afin qu'il ait pitié de ton âme et qu'il te protège en ce monde comme son fidèle chrétien.

— Soyez béni, seigneur, car vous m'avez dit exactement les mêmes choses que ma mère.

---

1. Lors de la cérémonie de l'*adoubement*, certains gestes essentiels sont réservés au seigneur qui fait un chevalier : lui chausser l'*éperon droit*, lui remettre son *épée* et lui donner l'*accolade*.

— Cher frère, cesse de dire sans arrêt que ta mère t'a appris telle ou telle chose. Je ne te blâme pas de l'avoir fait jusqu'à présent. Mais désormais, je t'en prie, il va falloir t'en corriger : si tu continues, on te prendra pour un fou.

— Et que dois -je dire alors ?

— Tu pourras dire que cet enseignement vient du vavasseur[1] qui t'a fait chevalier.

Le jeune homme lui promit qu'il ferait ainsi, car ce conseil lui semblait bon. Le seigneur fit alors sur lui le signe de croix pour le bénir :

— Que Dieu te protège et te guide sur le chemin que tu prends, car je vois bien que tu es impatient de partir.

---

1. Chevalier de la petite noblesse.

6

Perceval et Blanchefleur

Le nouveau chevalier quitta donc son hôte, impatient de pouvoir retrouver sa mère, saine et sauve, il l'espérait. Il s'enfonça dans les forêts solitaires, et chevaucha tant qu'il finit par apercevoir un château fortifié et bien situé. Mais tout autour, il ne vit rien que la mer et une terre déserte. Il se hâta vers l'enceinte et se dirigea vers la porte : mais le pont était si fragile qu'il eut peur qu'il ne s'effondre sous son poids. Il parvint cependant à la porte, qui était fermée à clef. Il dut frapper avec force et appeler à voix haute : finalement, ce vacarme fit apparaître à une fenêtre une jeune fille maigre et pâle.

— Qui donc appelle ici ? demanda-t-elle.

Il leva les yeux et aperçut la demoiselle :

— Chère amie, je suis un chevalier et je vous demande l'hospitalité pour la nuit.

— Seigneur, vous l'aurez, mais je crains que vous n'ayez à le regretter. Nous ferons cependant de notre mieux pour vous recevoir.

Elle se retira et bientôt arrivèrent quatre serviteurs ; chacun portait une hache pendue au cou et une épée au côté. Ils déverrouillèrent la porte pour le faire entrer. Ces serviteurs auraient pu avoir belle allure, mais ils étaient dans un état de maigreur et de fatigue incroyable, à force de jeûner et de veiller. Le jeune homme avait vu, à l'extérieur du château[1], la terre déserte et inculte. Mais quand il pénétra dans l'enceinte, il vit que l'intérieur ne valait pas mieux. Partout où il allait, les rues étaient vides et les habitations en ruines. Pas un être vivant, homme ni femme. Dans les deux abbayes de la ville, il ne trouva que des religieuses affolées et des moines terrorisés. Les maisons étaient dans un triste état : les murs fendus, les toitures arrachées, elles étaient ouvertes à tous vents. Pas un moulin pour moudre le grain, pas un four pour cuire le pain. Impossible de trouver quoi que ce soit à acheter, pain, galette

1. Le mot de *château* désigne souvent, au Moyen Âge, un ensemble plus vaste qu'aujourd'hui : il comprend l'ensemble des habitations regroupées à l'intérieur de l'enceinte fortifiée, donc une ville. La maison du seigneur, au centre, est nommée *tour*, *donjon* ou *palais*.

ou vin. Le jeune homme découvrit ainsi le château dévasté : il ne méritait plus guère son nom de Beaurepaire, car la misère y régnait.

Les quatre serviteurs le menèrent au palais couvert d'ardoises. L'un lui ôta ses armes et le revêtit d'un manteau gris ; un autre conduisit son cheval à l'écurie, mais il n'y avait guère de fourrage à espérer ! Les autres le firent monter jusqu'à une salle qui était extrêmement belle. Deux nobles seigneurs vinrent à sa rencontre, mais on voyait à leurs cheveux blancs et à leur fatigue qu'ils étaient accablés de soucis.

Une jeune fille les accompagnait : c'était Blanchefleur, la châtelaine de Beaurepaire. Elle s'avança, gracieuse et élégante, dans un bliaut[1] de pourpre sombre étoilé d'or et fourré d'hermine. Quant au manteau[2] qui la couvrait, son encolure était bordée de zibeline noire et blanche. Dieu lui avait donné une beauté incomparable : ses cheveux blonds, dénoués sur ses épaules, brillaient comme de l'or au soleil. Son front était blanc et poli comme de l'ivoire, et ses yeux vifs et riants avaient l'éclat des étoiles. Son visage au teint de rose mêlait le vermeil et le

---

1. Longue tunique portée par les hommes ou les femmes. Fait dans une étoffe luxueuse (plus que la *cotte*, qui peut être ordinaire), le *bliaut* est fréquemment doublé de fourrure précieuse (hermine, zibeline, écureuil gris).

2. Sorte de grande cape sans manches, c'est un vêtement d'apparat souvent porté à l'intérieur.

blanc. Pour ravir le cœur et la raison des hommes, Dieu avait fait d'elle une pure merveille.

À sa vue, le jeune homme la salua, ainsi que les deux chevaliers qui l'accompagnaient. Elle en fit autant, et le prit courtoisement par la main :

— Cher seigneur, notre demeure, ce soir, ne sera pas digne d'un hôte tel que vous. Si je vous disais notre situation réelle, vous croiriez que je veux vous faire fuir. Prenez donc, s'il vous plaît, cet hébergement tel qu'il est, et j'espère que Dieu vous en donnera un meilleur demain.

Blanchefleur l'emmena par la main dans une belle chambre au plafond richement décoré, et lui fit prendre place avec elle sur un lit recouvert de soie brodée. Les voilà donc tous les deux côte à côte. Plusieurs chevaliers les rejoignirent dans la pièce et s'installèrent par petits groupes. Ils voyaient le jeune homme assis à côté de leur dame, sans dire un mot. En fait, celui-ci se retenait de parler, car il se souvenait de la recommandation de Gornemant. Et les chevaliers présents chuchotaient entre eux :

— Mon Dieu, ce chevalier serait-il muet ? Ce serait grand dommage, car il est fort beau et s'accorde très bien avec notre dame. S'ils n'étaient pas muets tous les deux, ils iraient parfaitement ensemble. Dieu semble les avoir faits l'un pour l'autre.

La demoiselle attendait qu'il s'adresse à elle. Mais

elle finit par comprendre qu'il ne dirait jamais un mot si elle ne parlait la première. Elle commença donc aimablement :

— D'où venez-vous donc, cher seigneur ?

— Demoiselle, j'ai couché chez un noble vavasseur qui m'a très bien accueilli. J'ignore le nom du château, qui était pourtant fort beau avec ses cinq tours, une grande et quatre petites ; mais je sais bien que ce noble seigneur se nommait Gornemant de Goort.

— Ah ! cher ami, vos paroles courtoises me plaisent infiniment. Vous avez bien raison de parler de sa noblesse. Sachez que je suis sa nièce. Il vous a certainement accueilli avec joie et généreusement, comme il sait le faire. Mais ici, vous ne serez pas reçu comme il se doit, car la famine règne. Pour ce soir, il n'y aura au souper que six miches de pain, qu'un religieux très pieux m'a fait envoyer aujourd'hui. Avec cela, un petit tonneau de vin cuit et un chevreuil qu'un de mes serviteurs a tué d'une flèche ce matin.

Elle ordonna donc qu'on dresse les tables et ils s'assirent pour dîner ; le repas dura peu, mais ils le mangèrent de bon appétit. Après quoi ils se séparèrent : certains allèrent dormir et d'autres monter la garde. On prépara dans la salle le lit où devait dormir le chevalier. Tout fut fait pour son confort : de beaux draps blancs, une couverture précieuse et un oreiller pour reposer sa tête. Le chevalier, resté seul, s'endormit aussitôt d'un sommeil paisible.

Mais la jeune fille, enfermée dans sa chambre, ne trouvait pas le repos. Pendant que lui dormait en paix, elle se tourmentait, en proie à une bataille qui la faisait s'agiter dans son lit. Finalement, elle prit la décision d'aller parler à son hôte et de lui livrer ses soucis. Elle revêtit sur sa chemise un court manteau de soie pourpre, et elle se lança dans l'aventure, car c'était une femme hardie et courageuse. Ce n'était pas l'amour qu'elle cherchait en venant trouver le jeune homme, mais un ami loyal, prêt à l'aider.

Blanchefleur sortit de sa chambre, tremblant de peur, et s'approcha en pleurant du lit où le chevalier dormait. Elle s'agenouilla à côté de lui, pleurant si fort que ses larmes coulaient sur le visage du jeune homme. Celui-ci s'éveilla, sentant sa face mouillée, et l'aperçut agenouillée devant son lit. Courtoisement, il l'attira à lui et la prit dans ses bras :

— Belle amie, que voulez-vous ? Pourquoi êtes-vous venue ici ?

— Ah ! noble chevalier, pitié ! Pour l'amour de Dieu, ne vous imaginez pas que je cherche à commettre quelque folie en venant vous trouver ainsi, presque nue. Aucune pensée basse et vile n'habite mon esprit. Nulle créature au monde n'est plus infortunée que moi. Chaque jour qui se lève m'apporte le malheur, mais cette nuit est ma dernière nuit de souffrance. Demain sera mon dernier jour, car je me tuerai de ma main. Ma situation est désespérée : j'avais dans ce château plus de trois cents chevaliers, il ne m'en reste plus que cinquante. Les autres ont été tués ou faits prisonniers par le sénéchal de Clamadeu des Îles. Et les prisonniers ont tout à craindre, car Clamadeu est un homme cruel. Quelle douleur pour moi : tant de chevaliers sont morts pour me défendre ! Le château a été assiégé tout un hiver et tout un été ; nos forces n'ont cessé de diminuer et nos vivres sont épuisés. Demain, si Dieu ne nous vient en aide, ce château devra être rendu, et moi avec, comme captive. Je serai livrée à Clamadeu, mais je me tuerai avant. Clamadeu pense m'avoir, mais il ne m'aura jamais que morte, car je garde dans un écrin un couteau d'acier fin que je me plongerai dans le corps !

La malheureuse jeune fille, sur ces mots, allait regagner sa chambre. Mais elle avait semé dans le cœur du jeune homme le désir de livrer bataille pour la défendre, elle et les siens. Il ne voulut pas la laisser partir ainsi :

— Chère amie, séchez vos larmes, ne pleurez plus. Venez vous allonger à côté de moi et reprenez courage. Dieu vous accordera peut-être demain une journée meilleure que vous ne le pensez.

Il la prit contre lui et l'embrassa ; ils passèrent ainsi la nuit côte à côte, dans les bras l'un de l'autre.

7

Perceval sauve Beaurepaire

Au matin, le jeune homme se leva, bien résolu à porter secours à la jeune fille désemparée qui avait demandé son aide :

— Belle amie, lui dit-il, je ne quitterai pas ces lieux sans y avoir ramené la paix. Je vais aller trouver là-dehors votre ennemi et le défier en combat singulier[1]. Mais si je l'emporte sur lui, je vous demande de m'accorder votre amour en récompense : je ne souhaite pas d'autre salaire.

— Seigneur, il serait bien mesquin de ma part de vous le refuser. Mais je ne veux pas que, pour gagner

1. Dans un *combat singulier*, deux personnes seulement s'affrontent, chacune représentant un des deux camps en présence.

mon amour, vous alliez mourir pour moi : ce serait un bien grand dommage, car vous êtes trop jeune pour livrer bataille à un chevalier tel que Clamadeu des Îles. Il est grand, fort et solide comme un roc, et vous ne pourrez tenir contre lui.

— C'est ce que vous verrez aujourd'hui même. Je ne renoncerai à ce combat pour rien au monde.

La jeune fille était affligée de le voir courir un tel danger. Toutes et tous, dans le château, le supplièrent de ne pas aller affronter un homme que nul n'avait vaincu jusque-là. Mais le garçon demanda qu'on lui apporte ses armes et qu'on lui ouvre la porte. Les autres l'aidèrent à s'équiper et à monter à cheval, mais tous étaient bien inquiets :

— Seigneur, que Dieu vous vienne en aide aujourd'hui, et qu'il punisse Clamadeu, qui a dévasté tout ce pays !

Ils l'accompagnèrent ainsi en pleurant jusqu'à la porte de la ville. Quand ceux de l'armée ennemie le virent, ils le montrèrent à leur chef, qui était assis devant sa tente. Clamadeu était bien certain qu'on lui livrerait le château dans la nuit, à moins que quelqu'un ne sortît pour l'affronter en combat singulier. Il était sûr d'avoir conquis le château et le pays tout entier. Quand il vit le jeune chevalier, il se fit armer sur-le-champ, enfourcha un solide cheval et vint l'interpeller :

— Jeune homme, qui t'envoie ici ?

— Et toi, que fais-tu sur cette terre ? Pourquoi as-tu tué tous ces chevaliers et dévasté le pays ?

L'autre répondit, plein d'orgueil et d'arrogance :

— Qu'on vide le château aujourd'hui même, et que la demoiselle me soit livrée ! Voilà ma volonté !

— Maudit sois-tu ! Tu vas devoir changer de discours !

Le jeune homme en eut alors assez et mit sa lance en position. Les adversaires s'élancèrent au galop l'un vers l'autre, sans plus de défi ni de discours. Chacun tenait une lance solide au fer tranchant. Les chevaliers étaient robustes et se haïssaient à mort. Les lances volèrent en éclats et ils se retrouvèrent à terre, désarçonnés. Remontant à cheval aussitôt, ils se précipitèrent l'un contre l'autre, plus féroces que des sangliers. La colère et la rage rendaient terribles les coups d'épée qu'ils se donnaient sur leurs heaumes et leurs écus. Mais, à la fin, Clamadeu tomba au sol, blessé au bras et au côté. Le jeune homme mit pied à terre et courut vers lui, l'épée levée. Il l'aurait bien tué, mais Clamadeu cria merci[1], et le jeune homme se souvint alors de la parole de Gornemant : ne jamais tuer un adversaire

1. Demander grâce. La *merci* est, au Moyen Âge, la grâce, la faveur que l'on fait à quelqu'un en l'épargnant. Un combat *sans merci* est sans pitié, féroce. Quand on est *à la merci* de quelqu'un, on dépend de son bon vouloir, de sa faveur.

vaincu qui demande grâce. Il écouta donc Clamadeu plaider sa cause :

— Ne sois pas cruel, mon ami, au point de me refuser ta grâce ! Je le reconnais solennellement : tu l'as emporté sur moi, car tu es un excellent chevalier. Mais si tu me tues, personne ne voudra croire que tu aies pu me vaincre tout seul, en combat loyal, car je suis un chevalier très réputé. Il vaut donc mieux que tu me laisses la vie, et je pourrai témoigner de ta victoire : on croira en ma parole et ta gloire sera grande. Et si tu as un seigneur à qui tu dois reconnaissance pour un don ou un service, envoie-moi auprès de lui : j'irai me constituer prisonnier et le servirai fidèlement.

— Je ne demande pas mieux. Sais-tu où tu vas aller ? À ce château. Tu te mettras à la merci de la belle jeune fille qui est mon amie, et tu ne chercheras plus jamais à lui nuire.

— Tu veux ma mort, répondit l'autre. Elle m'arracherait la vie si elle me tenait, car j'ai moi-même tué de nombreux chevaliers de son domaine. N'as-tu donc pas un autre ami ?

Alors le jeune homme lui proposa de se rendre chez le noble seigneur Gornemant, qui l'avait reçu dans son magnifique château. Mais reconnaissant ce nom, son adversaire s'écria :

— C'est un lieu plus redoutable encore. Au cours de cette guerre, j'ai tué l'un des frères de ce seigneur.

Tue-moi plutôt toi-même, car, si tu m'envoies là-bas, ma mort est assurée.

— Tu iras donc alors, dans l'état où tu es, à la cour du bon roi Arthur. Tu le salueras de ma part et tu te feras présenter la jeune fille que le sénéchal Keu a frappée parce qu'elle avait ri en me voyant. C'est à elle que tu te rendras prisonnier et tu lui diras bien que, s'il plaît à Dieu, je la vengerai de l'affront qu'elle a subi à cause de moi.

Clamadeu accepta toutes ces conditions. Il dut ensuite promettre que, dès le lendemain, avant qu'il ne fasse jour, il ferait libérer tous les prisonniers qu'il retenait dans ses tours. Il jura que, plus jamais, de toute sa vie, ni lui ni son armée ne chercheraient à nuire à la châtelaine de Beaurepaire.

Le chevalier vainqueur s'en retourna au château. Tous les habitants vinrent à sa rencontre pour lui faire fête et l'honorer. Leur seul regret était de ne pouvoir tenir le vaincu :

— Pourquoi, seigneur, ne l'avez-vous pas amené ici ? Pourquoi ne pas lui avoir coupé la tête ?

— Par ma foi, seigneurs, j'aurais mal agi en vous le livrant : il aurait connu ici un triste sort. Quant à le tuer, ç'aurait été une action bien basse, car il m'avait demandé grâce. Je l'ai donc envoyé prisonnier à la cour du roi Arthur. Il ne vous fera plus jamais de mal.

La demoiselle survint alors, plus joyeuse que

jamais. Elle l'entraîna dans ses appartements pour qu'il puisse se reposer à son aise. Au lieu de boire et de manger, ils échangèrent baisers et paroles tendres.

Le lendemain se leva un grand vent qui, grâce à Dieu, poussa vers le port trois beaux navires. C'étaient des marchands qui avaient à vendre tout ce qu'on pouvait désirer : pain, vin et jambons salés, bœufs et porcs à abattre, blé en quantité. Ils parvinrent au château à la grande joie des habitants, affamés par le long siège qu'ils avaient subi. Ceux-ci laissèrent éclater leur soulagement :

— Béni soit Dieu qui donna au vent la force de vous amener à bon port ! Soyez les bienvenus !

La joie fut complète dans la cité quand revinrent ceux qui avaient longtemps séjourné dans la cruelle prison de Clamadeu. Toutes les cloches des monastères sonnaient pour remercier Dieu. Tous dansaient par les rues et les places. Le château était en liesse : plus personne pour les attaquer ni leur faire la guerre.

Clamadeu, de son côté, fit route vers Disnadaron, où le roi Arthur tenait sa cour[1]. Quand il entra dans

1. Au Moyen Âge, les rois se déplacent souvent et viennent tenir leur cour dans diverses résidences : on voit ici le roi Arthur à Carduel, Disnadaron et Carlion. Autre lieu fréquemment cité, mais pas dans ce roman : Camaalot.

la grande salle, un chevalier le reconnut et s'exclama :

— Seigneurs, voici une aventure extraordinaire ! Celui qui arrive ici, c'est Clamadeu des Îles, que je connais bien, car c'est mon suzerain. Je croyais qu'il était le meilleur chevalier qui pût exister. Mais je vois bien, à l'état où il est, qu'il a trouvé son maître !

Clamadeu se présenta devant le roi :

— Que Dieu protège le roi Arthur, le plus noble roi qui soit au monde ! Écoutez donc, seigneur, le message que j'ai à vous livrer : cela m'est bien pénible, mais je dois reconnaître qu'un chevalier m'a vaincu et m'oblige à me rendre prisonnier à vous. J'ignore son nom, mais ce que je sais, c'est qu'il porte des armes vermeilles et déclare que c'est vous qui les lui avez données.

— Ami, répondit le roi, dis-moi comment il se porte : est-il libre et en bonne santé ?

— Mais oui ! C'est le plus vaillant chevalier que j'aie jamais rencontré. Je dois dire de sa part à la jeune fille qui l'a accueilli en riant qu'il la vengera de Keu et de sa gifle.

Le fou sauta alors de joie.

— Seigneur roi, elle sera cher payée, la gifle : Keu en aura le bras cassé, il ne pourra rien faire pour l'éviter.

Le roi se lamentait, car Keu l'avait privé d'un chevalier remarquable : à cause de sa mauvaise langue, il l'avait éloigné de la cour. On mena donc Clamadeu dans les appartements de la reine. Il la salua, puis il put enfin donner à la jeune fille des nouvelles qui la réjouirent : elle souffrait encore dans son cœur de l'humiliation qu'elle avait subie.

Pendant ce temps, à Beaurepaire, celui qui avait délivré la terre et la jeune fille coulait des jours délicieux avec son amie. Il aurait pu y vivre heureux longtemps, mais un souci le tourmentait : il pensait à sa mère, qu'il avait vue tomber évanouie, et désirait plus que tout aller la voir. Quand il osa finalement demander congé[1] à la jeune fille, elle s'y opposa, et tous ses gens avec. Ils le supplièrent de rester, mais leurs prières ne servirent à rien ; il leur fit seulement une promesse : si sa mère était en vie, il la ramènerait ici avec lui et gouvernerait ce pays. Si elle était morte, il reviendrait également, ils pouvaient en être sûrs.

Quand il quitta la ville, il laissa son amie Blanchefleur dans le plus profond chagrin, ainsi que tous les autres. Pour l'accompagner, il se forma une procession comme pour les plus grandes fêtes : les moines et les religieuses avaient revêtu leurs plus beaux ornements, mais ils étaient plongés dans la peine.

— Seigneur, ne t'étonne pas si nous pleurons : tu

---

1. *Demander congé* à quelqu'un, c'est lui demander l'autorisation de le quitter.

nous as sauvés de l'exil et rendu nos maisons, et maintenant, tu veux nous abandonner ! Il est juste que notre douleur soit profonde.

— Mes chers amis, cessez de pleurer. Je reviendrai parmi vous, si Dieu me protège. Il faut bien que j'aille voir ma mère, solitaire dans son manoir de la Forêt Déserte. N'est-ce pas juste ? Je reviendrai de toute façon : si elle est vivante, elle se fera religieuse dans votre monastère, pour mener une sainte vie. Si elle est morte, nous l'enterrerons avec les plus grands honneurs et nous prierons pour que Dieu l'accueille dans son paradis.

Le jeune homme s'éloigna et tous rentrèrent dans la ville.

8

Le mystérieux château du Roi Pêcheur

Le jeune chevalier cheminait, muni de toutes ses armes. Il suivit sa route une journée entière sans rencontrer une créature capable de le renseigner. Mais il ne cessait de prier Dieu, le Père souverain, pour qu'il lui donne de trouver sa mère en vie et en bonne santé, si c'était sa volonté.

Descendant d'une colline, il arriva soudain à une rivière : l'eau était rapide et profonde et il n'osa pas s'y engager.

— Ah, Seigneur Dieu, dit-il, je suis sûr que si je pouvais passer cette rivière, je trouverais ma mère de l'autre côté, si elle est encore en vie.

Il se mit à suivre la rive jusqu'à atteindre une paroi

rocheuse qui plongeait dans l'eau, et il ne put plus avancer. Il vit alors un bateau qui descendait le courant, avec deux hommes à bord. Ils arrêtèrent leur barque au milieu de la rivière et jetèrent l'ancre ; celui qui était à l'avant accrocha un appât au bout de sa ligne et se mit à pêcher. Le jeune homme, qui aurait bien voulu trouver un passage, s'adressa à eux en les saluant :

— Seigneurs, dites-moi si sur cette rivière il y a un pont ou un gué[1].

— Non, mon ami, lui répondit l'homme qui pêchait. Vous pouvez me croire, vous ne trouverez ni pont ni gué : il n'y a aucun passage à vingt lieues[2] d'ici, ni en amont ni en aval.

— Pourriez-vous alors m'indiquer où je pourrais loger ce soir ?

— Je crois en effet que vous en auriez bien besoin. Je vais vous héberger cette nuit. Prenez ce chemin qui grimpe par cette faille dans le rocher, et quand vous arriverez en haut, vous verrez dans un vallon ma demeure, proche de la rivière et de la forêt.

Aussitôt, le garçon s'élança jusqu'au sommet de

1. Endroit où la rivière est peu profonde et où l'on peut la traverser à cheval.

2. Unité de distance du Moyen Âge, équivalant à environ quatre kilomètres.

la colline, mais il ne vit rien, que le ciel et la terre à perte de vue.

— Mais qu'est-ce que je suis venu chercher ici ? Ce pêcheur m'a raconté des histoires, et j'ai eu la sottise de le croire !

Mais voilà que, soudain, sous ses yeux parut, dans un vallon, le sommet d'une tour. Jamais, jusqu'à Beyrouth, vous n'auriez pu en trouver d'aussi belle ! Elle était carrée, parfaitement construite en pierre grise, avec deux tourelles sur les côtés. Sur le devant de la tour s'ouvrait la grande salle, entourée de galeries. Le jeune homme se félicitait maintenant d'avoir rencontré le pêcheur qui lui avait indiqué un si bon gîte !

Il descendit la colline et se dirigea vers la porte. Le pont-levis était baissé et quatre écuyers vinrent à sa rencontre : deux d'entre eux le désarmèrent, le troisième s'occupa de donner de l'avoine à son cheval, et le quatrième lui passa un manteau d'écarlate[1] tout neuf. Quand il entra dans la grande salle, il vit au milieu, assis sur un lit, un beau et noble personnage aux cheveux blancs. Il portait une coiffure de zibeline noire comme mûre, ornée d'étoffe pourpre ; tous ses autres vêtements étaient de même. Il était appuyé sur un coude devant un grand feu de bois

1. L'*écarlate* est, au Moyen Âge, une étoffe précieuse de couleur vive. Actuellement, le mot s'est spécialisé et ne désigne plus que la couleur rouge vif.

sec : autour du foyer, quatre colonnes massives soutenaient la cheminée. La salle était de si belle taille que quatre cents hommes auraient pu s'y asseoir à l'aise.

Le seigneur, voyant venir son hôte, le salua :

— Mon ami, ne soyez pas vexé si je ne me lève pas pour vous accueillir. Mon état de santé m'en empêche.

— Par Dieu, seigneur, n'en parlez pas, car je n'en suis point fâché.

Le seigneur tenta malgré tout de se soulever un peu en son honneur, et lui fit place à côté de lui :

— Asseyez-vous ici, et dites-moi d'où vous êtes venu aujourd'hui.

— Seigneur, j'ai quitté ce matin Beaurepaire.

— Mais c'est une étape considérable ! Vous avez dû partir bien avant l'aube !

— Pas du tout ! La première heure du jour avait déjà sonné, je vous l'assure.

Pendant qu'ils parlaient ainsi, un jeune homme se présenta à la porte de la tour. Il apportait une épée, suspendue à son cou, et il la tendit au noble seigneur. Celui-ci la tira à moitié du fourreau et vit sur sa lame une inscription qui disait à qui elle devait appartenir et où elle avait été forgée. Elle était d'un si bon acier qu'elle ne pourrait jamais se briser, excepté en une occasion, et seul celui qui l'avait façonnée savait laquelle.

Celui qui l'avait apportée livra son message :

— Seigneur, la Blonde Demoiselle, votre nièce qui est si belle, vous envoie ce présent. C'est une épée remarquable ; vous la donnerez à qui vous plaira, mais ma dame serait très heureuse qu'elle soit bien employée. Celui qui forgea l'épée n'en fit jamais que trois et il mourra sans en faire une autre après celle-ci.

Aussitôt, le seigneur la remit au jeune chevalier étranger en la tenant par le baudrier[1], qui valait un trésor. Le pommeau[2] de l'épée était d'or pur, le meilleur d'Arabie ou de Grèce, son fourreau[3] recouvert d'une broderie d'or de Venise. Le seigneur la tendit au jeune homme.

— Cher seigneur, cette épée vous est depuis toujours destinée, et je veux que vous l'ayez. Vous pouvez la ceindre et tirer la lame.

Le chevalier le remercia, ceignit l'épée et la tira nue du fourreau. Quand il l'eut contemplée, il la remit en place. Sachez qu'elle lui allait à merveille : on pouvait être sûr qu'il saurait s'en servir. Voyant un écuyer qui gardait ses armes près de la cheminée, il la lui confia et retourna s'asseoir auprès du seigneur qui lui avait fait un si grand honneur.

---

1. Large bande de cuir ou d'étoffe portée en travers du corps, permettant de suspendre le *fourreau* de l'épée.
2. Poignée de l'épée.
3. Étui qui contient l'épée.

La salle était brillamment illuminée de chandelles. Et tandis qu'ils parlaient de choses et d'autres, voici que sortit d'une chambre un jeune homme. Il tenait dans son poing, par le milieu de la hampe[1], une lance étincelante. Il passa entre le feu et ceux qui étaient assis sur le lit. Et tous pouvaient voir la lance et le fer d'une blancheur éclatante : une goutte de sang vermeil jaillissait de la pointe et coulait jusqu'au poignet du jeune homme. Le nouveau venu vit ce prodige, mais il se retint de demander comment cela pouvait se produire, car il se souvenait du conseil de son maître : Gornemant l'avait mis en garde contre tout excès de parole. Il craignit de commettre une grossièreté, c'est pourquoi il ne posa aucune question.

Là-dessus arrivèrent deux autres jeunes gens très beaux, qui tenaient dans leurs mains des chandeliers d'or ouvragés. Dans chacun d'eux brûlaient au moins dix chandelles. Un graal[2] apparut ensuite, tenu à deux mains par une jeune fille, belle, gracieuse et magnifiquement habillée. Quand elle entra dans la salle avec le graal, une extraordinaire clarté se répandit : les chandelles perdirent leur éclat, comme les étoiles ou la lune quand le soleil se lève. Après elle arriva une autre jeune fille qui portait un

1. Manche en bois d'une lance.

2. Un *graal* est, à l'époque, un large plat creux (mais le mot est peu utilisé au Moyen Âge).

tailloir[1] d'argent. Le graal, en tête du cortège, était d'or pur. Il était incrusté de pierres précieuses, les plus belles et les plus rares que l'on pût jamais trouver sur terre ou au fond de la mer : aucune pierre au monde n'aurait pu les surpasser. Tout comme était passée la lance, les jeunes filles passèrent devant le lit et entrèrent dans une autre chambre.

Et le jeune homme les vit sans oser demander à qui l'on faisait le service du graal : il avait toujours à l'esprit la recommandation du noble et sage seigneur. Mais je crains que ce ne soit une grande erreur : en effet, j'ai souvent entendu dire que trop se taire peut être aussi mauvais que trop parler ! Toujours est-il qu'il garda le silence.

Le seigneur commanda aux serviteurs de préparer les tables et de présenter l'eau. Pendant qu'ils se lavaient les mains[2] avec de l'eau tiède, deux jeunes gens apportèrent une large table[3] d'ivoire. Ils la tinrent jusqu'à ce que deux autres arrivent, portant les tréteaux. Ceux-ci étaient en bois d'ébène, un bois indestructible, dit-on, qui ne peut ni pourrir ni brûler. On posa dessus la table, puis la nappe. Que dire de cette nappe ? Jamais cardinal ni pape n'en eut

1. Plat à découper (*tailler*) la viande.

2. Au Moyen Âge, on se lave toujours les mains avant et après le repas : c'est indispensable puisqu'on mange avec les doigts.

3. On dresse spécialement *les tables* pour les repas : ce sont de larges panneaux que l'on pose sur des tréteaux.

d'aussi blanche. Le premier plat fut un cuissot de cerf au poivre, cuit dans la graisse. Un écuyer le trancha et leur en présenta les morceaux sur des galettes. Un vin clair et léger l'accompagnait, servi dans des coupes d'or.

Et pendant ce temps-là, le graal passa une seconde fois devant eux, sans que le jeune homme demande à qui on le servait. Il se retenait à cause de son maître qui l'avait gentiment averti de ne pas trop parler : ce conseil était resté présent dans son cœur et dans sa mémoire. Mais il n'aurait pas fallu se taire : à chaque plat que l'on servait, il voyait passer devant lui le graal et brûlait de savoir ce qu'il en était. « Je le demanderai, se dit-il, demain matin, avant de m'en aller, à l'un des serviteurs de mon hôte. »

Ainsi la chose fut-elle remise, et l'on continua à boire et à manger. Le repas fut somptueux, les mets et les vins délicieux. Le seigneur lui fit servir un festin digne d'un roi ou d'un empereur. La soirée se prolongea après le dîner ; pendant qu'ils conversaient, les serviteurs préparaient les lits et l'on apporta les desserts réservés à l'heure du coucher : dattes, figues et noix muscades, girofles et grenades, gelées de fruits au gingembre d'Alexandrie. Avec cela, d'agréables boissons aromatisées : des vins doux, du vin de mûre et des liqueurs limpides. Le jeune Gallois, qui n'avait jamais connu ce luxe, était émerveillé.

— Mon ami, lui dit alors le noble seigneur, il est temps d'aller se reposer. Je m'en irai dormir là-bas dans ma chambre et vous resterez ici comme il vous plaira. Mais il va falloir que l'on me porte, car je ne peux plus me servir de mes membres.

Quatre serviteurs robustes arrivèrent et saisirent par les quatre coins la couverture brodée qui recouvrait le lit ; ils portèrent ainsi le seigneur jusqu'à sa chambre. Resté seul, le jeune homme fut fort bien servi : on l'aida à se déchausser, à se dévêtir et on le coucha dans un lit garni de fins draps de lin blanc.

Il dormit jusqu'au matin. À son réveil, le jour avait déjà pointé. Mais quand il regarda autour de lui, il fut stupéfait : il n'y avait personne. Il se débrouilla tout seul pour se lever et pour s'habiller, alla chercher ses armes qui l'attendaient au bout de la table, et les revêtit sans aucune aide. Une fois équipé, il se dirigea vers les portes des chambres, qu'il avait vues ouvertes la veille au soir. Mais il les trouva toutes fermées ; il poussa, frappa, appela, sans succès : personne, pas un mot.

Quand il en eut assez, il alla vers la porte de la salle : elle était ouverte. Il descendit l'escalier : en bas, il trouva son cheval sellé, son écu et sa lance appuyés au mur. Il monta à cheval et parcourut les lieux : il n'y avait personne, ni serviteur, ni écuyer, ni chevalier. Il se dirigea tout droit vers la porte du château où le pont-levis était baissé : on le lui avait laissé ainsi pour qu'il puisse partir plus facilement.

Il se dit que, s'il allait dans la forêt, il rencontrerait les gens du château : ils avaient dû partir à la chasse. Il pourrait trouver quelqu'un qui répondrait à ses questions : pourquoi la lance saignait-elle ? à qui portait-on le graal ? Il se décida donc à passer la porte, mais il n'avait pas encore atteint le bout du pont-levis que déjà celui-ci se soulevait, faisant trébucher son cheval. D'un bond adroit, la bête parvint à se rétablir, mais quand le jeune homme se retourna, il vit le pont relevé.

— Eh là ! Toi qui as relevé le pont, réponds-moi ! Où es-tu ? J'ai des questions à te poser !

Mais c'était en pure perte, car personne ne voulut lui répondre.

9

La jeune fille éplorée

Le jeune homme se dirigea alors vers la forêt et remarqua sur le chemin des traces de sabots. Pensant qu'elles le mèneraient à ceux qu'il cherchait, il les suivit dans le bois. Il aperçut soudain sous un chêne une jeune fille qui criait, pleurait et se lamentait :

— Ah ! Pauvre malheureuse que je suis ! Maudite soit l'heure de ma naissance ! Rien de plus terrible ne pouvait m'arriver : je tiens dans mes bras le corps de mon ami mort. Pourquoi Dieu a-t-il pris son âme ? Je préférerais être morte moi-même ! À quoi me sert de vivre, puisque l'être que j'aimais le plus est mort ?

Elle tenait dans ses bras un chevalier dont la tête était tranchée. Le jeune homme s'avança vers elle et la salua. Mais elle garda la tête baissée, continuant à sangloter.

— Demoiselle, demanda-t-il, qui a tué ce malheureux qui gît sur vos genoux ?

— Cher seigneur, un chevalier l'a tué ce matin. Mais je suis stupéfaite quand je vous regarde : on pourrait chevaucher vingt-cinq lieues dans la direction d'où vous venez sans trouver un endroit où se loger, c'est une chose assurée. Or votre cheval a les flancs rebondis et le poil lustré : on voit qu'il a été bien soigné et qu'il n'a manqué ni de foin ni d'avoine.

— Par ma foi, belle amie, vous ne devez pas bien connaître le pays, car j'ai eu tout le confort possible cette nuit, et dans un lieu très proche d'ici. J'y ai reçu le meilleur accueil.

— Ah ! seigneur, avez-vous donc dormi chez le riche Roi Pêcheur ?

— Demoiselle, je ne sais s'il est pêcheur ou roi, mais il est assurément riche et noble. Tout ce que je peux vous dire, c'est que j'ai rencontré deux hommes, hier soir, naviguant dans une barque. L'un des deux pêchait ; il m'a indiqué sa maison et m'a hébergé.

— Oui, seigneur, il est roi, je peux vous l'affirmer. Mais il fut blessé et mutilé dans une bataille, si bien qu'il est infirme : une lance le frappa entre les hanches. Il souffre encore tellement qu'il ne peut plus monter à cheval. Quand il veut se distraire, il se fait placer dans une barque et va pêcher à la ligne : c'est pour cela qu'on le nomme le Roi Pêcheur. Il n'est plus capable de chasser en forêt ou en rivière, ses hommes le font à sa place. C'est pourquoi il aime résider en ce lieu, où il s'est fait construire une demeure digne d'un puissant roi.

— Demoiselle, par ma foi, tout ceci est vrai. J'ai vu chez lui des choses bien étonnantes. Il m'a fait asseoir à ses côtés et s'est excusé de ne pouvoir se lever pour me saluer.

— Certes, il vous a fait un grand honneur en vous plaçant à côté de lui. Mais, dites-moi, avez-vous vu la lance dont la pointe saigne ?

— Si je l'ai vue ? Oui, par ma foi.

— Et avez-vous demandé pourquoi elle saignait ?

— Je n'ai pas dit un mot.

— Grand Dieu, sachez que vous avez très mal agi. Et avez-vous vu le Graal ?

— Oui, je l'ai bien vu.

— Et qui le tenait ?

— Une jeune fille.

— D'où venait-elle ?

— D'une chambre.

— Et où est-elle allée ?

— Elle est entrée dans une autre chambre.
— Est-ce que quelqu'un précédait le Graal ?
— Oui, deux jeunes gens.
— Et que tenaient-ils dans leurs mains ?
— Des chandeliers garnis de chandelles.
— Et qui venait après le Graal ?
— Une autre jeune fille.
— Et que tenait-elle ?
— Un petit tailloir d'argent.
— Leur avez-vous demandé où ils allaient ainsi ?
— Jamais un mot n'est sorti de ma bouche.
— Grand Dieu, vous ne pouviez faire pire ! Et quel est votre nom, mon ami ?

Et lui, qui avait toujours ignoré son nom, le devina et dit qu'il s'appelait Perceval le Gallois. Il ne savait s'il disait vrai ou non, mais il ne se trompait pas. La jeune fille se dressa alors face à lui, comme prise de colère :

— Perceval le Malheureux ! Ah ! Infortuné Perceval, quelle malchance pour toi de n'avoir pas posé ces questions, car tu aurais pu guérir le roi qui est infirme ! Il aurait pu retrouver l'usage de ses membres et gouverner sa terre en paix. Mais, par ta faute, de grandes souffrances adviendront à toi et aux autres. Sache que cela est arrivé à cause du péché que tu as commis à l'égard de ta mère : elle est morte de chagrin à cause de toi. Je te connais mieux que tu ne me connais, car j'ai été élevée avec toi en son manoir : je suis ta cousine germaine et tu es mon cousin germain. Et je suis affligée que tu n'aies pas demandé ce qu'on fait du Graal et à qui on le porte, tout autant que de la mort de ta mère et de celle du chevalier que j'aimais tant.

— Ah ! cousine, dit Perceval, comment savez-vous que ma mère est morte ?

— Je le sais car je l'ai vue mettre en terre.

— Que Dieu ait pitié de son âme ! dit Perceval. Vous m'avez raconté une bien triste histoire. J'étais parti en quête pour la retrouver, mais à quoi bon, puisqu'elle est déjà mise en terre ? Il me faut maintenant suivre un autre chemin. Mais si vous voulez m'accompagner, nous pouvons partir tous deux ensemble. Il n'y a plus rien à faire pour celui qui est mort, je vous l'assure. Laissons les morts avec les morts, les vivants iront avec les vivants. Ce serait pure folie de rester là, seule avec ce cadavre. Courons plutôt à la poursuite de celui qui l'a tué, et je vous promets que, si je le rejoins, l'un de nous deux devra s'avouer vaincu.

Mais la jeune fille ne pouvait guère apaiser le chagrin de son cœur, ni abandonner son ami. Elle lui indiqua le sentier qu'avait pris le chevalier cruel, qui avait tué celui qu'elle aimait. Puis, voyant l'épée qui pendait à son côté gauche :

— Où avez-vous trouvé cette épée ? Elle n'a jamais servi, ni versé le sang humain. Je sais très bien où elle fut faite et qui la forgea. Mais ne lui faites pas confiance, car elle vous trahira : un jour viendra où, dans un combat, elle volera en éclats.

— Chère cousine, c'est une des nièces de mon hôte qui la lui a envoyée hier soir, et il me l'a donnée. C'est un très beau cadeau. Mais ce que vous dites m'inquiète : comment la faire réparer, si elle se brisait ?

— Il faudrait pour cela trouver la route qui mène au lac de Cotoatre. Là habite un forgeron nommé Trébuchet, qui pourrait la remettre en état en la forgeant à nouveau. Ne laissez aucun autre y mettre la main, il ne saurait réussir à la ressouder.

Alors il s'en alla et elle resta, refusant de quitter le cadavre de celui qu'elle aimait tant.

10

L'Orgueilleux de la Lande

Perceval suivit les traces de sabots le long du sentier, et il finit par trouver le cheval à qui elles appartenaient. C'était un palefroi[1] maigre et fatigué qui avançait péniblement au pas. De toute évidence, il était brisé de fatigue et mal nourri : tout tremblant, les oreilles pendantes, il n'avait que la peau sur les os. Sur son dos, une selle et un harnais dans un état pitoyable.

La jeune fille qui montait le pauvre animal était aussi à plaindre que lui. Elle aurait pourtant été fort belle, si elle n'avait été dans un si triste état. La robe

---

1. Cheval de promenade ou de voyage, différent du *destrier*, cheval de combat.

qu'elle portait était en lambeaux, au point que sa poitrine apparaissait par endroits : on avait bien essayé de la raccommoder avec de la ficelle, mais elle tombait en morceaux. La peau de la jeune fille avait été brûlée, tantôt par la chaleur, tantôt par le gel. Les cheveux défaits, elle laissait voir un visage sillonné de larmes.

Perceval, à cette vue, fut pris de pitié et accourut vers elle. Toute honteuse, elle serra contre elle ses vêtements pour tenter de cacher son corps. Quand le jeune homme la rejoignit, il l'entendit se plaindre douloureusement :

— Mon Dieu, pourquoi m'as-tu laissé la vie ? J'ai enduré les plus grands malheurs sans l'avoir mérité. Envoie-moi, Seigneur, quelqu'un qui m'arrache à cette souffrance, ou bien délivre-moi toi-même de celui qui m'inflige une telle honte. Je ne trouve en lui aucune pitié : je ne peux lui échapper, et pourtant il ne veut pas me tuer ! Il doit trouver plaisir à me tourmenter ainsi.

Perceval la salua :

— Belle amie, que Dieu vous protège !

— Seigneur, vous qui m'avez saluée courtoisement, je vous souhaite d'obtenir tout ce que vous désirez, et pourtant, Dieu sait que je ne devrais pas dire cela !

Perceval rougit de honte en entendant ces mots :

— Par Dieu, ma chère amie, pourquoi ce

reproche ? Je ne crois pas vous avoir jamais vue, et je n'ai rien fait contre vous.

— Tu as eu tort de me saluer, car personne ne doit le faire. Quand quelqu'un m'aborde ou me regarde, je suis tout angoissée.

— Vraiment, je ne pensais pas avoir mal agi. Quand je vous ai vue en difficulté, pauvre et nue, j'ai voulu savoir pourquoi vous aviez à subir tant de peine.

— Ah, seigneur, pitié ! Taisez-vous et fuyez d'ici ! Laissez-moi en paix.

— Et pourquoi devrais-je m'enfuir, alors que rien ne me menace ?

— Seigneur, ne vous fâchez pas. Fuyez tant que vous le pouvez, car l'Orgueilleux de la Lande ne rêve que de combats. S'il vous trouve ici, il vous tuera. Il suffit que quelqu'un m'arrête, aussitôt sa tête est en danger. Ce matin encore, il a tué un chevalier. Mais avant de le combattre, il faut qu'il raconte à chacun pourquoi il m'impose cette vie misérable.

À ce moment, l'Orgueilleux sortit du bois et se précipita vers eux, rapide comme la foudre, en criant :

— Malheur à toi, qui t'es arrêté pour parler à cette jeune fille ! Sache que ta fin est venue. Mais je ne te tuerai pas avant de t'avoir raconté pour quelle raison elle doit subir cette vie indigne. Voici l'histoire : un jour, j'étais allé chasser, laissant dans ma tente cette demoiselle, que j'aimais plus que tout au monde. Voilà qu'arriva par aventure un jeune Gallois. Je ne sais comment il s'y prit, mais il l'embrassa, de force, m'a-t-elle dit. Mais était-ce bien la vérité ? S'il l'a embrassée malgré elle, n'a-t-il rien fait d'autre ? Je n'arrive pas à le croire : celui qui embrasse une femme ne s'en tient pas là. Celle qui donne sa bouche donne facilement le reste, même si elle fait semblant de résister : en fait, elle veut qu'on la prenne de force. C'est pourquoi je suis persuadé qu'il a couché avec elle. De plus, il a emporté son anneau, un bel anneau que je lui avais offert, et avant de partir, il a bu mon vin et mangé mes trois pâtés. Maintenant, comme tu vois, mon amie doit payer pour sa folie. J'en ai fait le serment : son palefroi ne sera pas soigné, sa robe ne sera pas changée jusqu'à ce que j'aie vaincu celui qui lui a fait violence. Je ne serai satisfait que lorsque je lui aurai coupé la tête.

Perceval l'avait bien écouté. Il lui répondit sur chaque point :

— Ami, sache-le : elle a dès maintenant fini de payer sa faute. Car c'est moi qui l'ai embrassée malgré elle, et elle en fut très affligée. J'ai pris l'anneau qu'elle avait au doigt, et rien de plus, je peux l'assurer. Quant aux pâtés que j'ai mangés et au vin que j'ai bu, j'aurais été bien sot de les laisser !

— Par ma tête, dit l'Orgueilleux, tu viens de reconnaître ton crime, c'est incroyable ! Tu as pleinement mérité la mort.

— Ma mort n'est peut-être pas aussi proche que tu le penses !

Alors, sans dire un mot de plus, ils lancèrent leurs chevaux et s'affrontèrent si furieusement que leurs lances volèrent en éclats. Tous deux furent jetés à bas de leurs selles, mais ils se relevèrent aussitôt, tirant l'épée pour se porter des coups terribles. La bataille fut acharnée et féroce. À la fin, l'Orgueilleux dut s'avouer vaincu et demanda grâce. Perceval n'avait pas oublié l'enseignement du noble seigneur.

— Chevalier, lui dit-il, je ne te ferai pas grâce tant que tu n'auras pas fait grâce à ton amie. Elle n'a pas mérité, je peux le jurer, ce que tu lui as fait endurer.

Et le chevalier jaloux, qui chérissait, en fait, la jeune fille, eut honte de sa folie et répondit :

— Seigneur, je suis prêt à réparer mes torts. Je ferai tout ce qu'elle voudra, car j'ai le cœur bien triste du mal que je lui ai fait.

— Va donc au manoir le plus proche, et fais-lui donner les soins dont elle a besoin. Fais-la baigner et reposer jusqu'à ce que sa santé revienne ; lorsqu'elle sera guérie, prépare-toi à l'emmener, bien vêtue et bien parée, à la cour du roi Arthur. C'est là en effet que tu iras : tu le salueras de ma part, et tu te mettras à sa merci, dans l'état où tu es maintenant.

S'il te demande qui t'envoie, tu lui diras que c'est celui qu'il fit chevalier vermeil sur le conseil de Keu le sénéchal. Il faudra que tu racontes devant tout le monde les tourments injustes que tu as infligés à cette demoiselle. Toute la cour l'entendra, et particulièrement, parmi les suivantes de la reine, une jeune fille à qui je dois beaucoup. À cause du bel accueil qu'elle m'avait fait en riant de joie, elle reçut de Keu une gifle telle qu'elle en resta tout étourdie. Tu chercheras cette demoiselle, et tu lui diras que je ne mettrai pas les pieds à la cour du roi Arthur sans l'avoir vengée.

Le chevalier promit de faire tout ce qu'il lui avait ordonné. Il irait à la cour d'Arthur aussitôt que la demoiselle serait guérie. Il proposa aussi à son vainqueur de séjourner chez lui pour reprendre des forces et faire soigner ses blessures. Mais Perceval préférait continuer sa route et refusa son offre.

Le soir même, le chevalier fit soigner et reposer son amie. Quand sa beauté fut revenue et qu'elle fut parée de magnifiques vêtements, ils se mirent en route vers Carlion, car c'était là que le roi Arthur séjournait. Devant toute la cour rassemblée, trois mille chevaliers de grande valeur, il vint se constituer prisonnier. Accompagné de sa demoiselle, il se présenta devant le roi.

— Seigneur, dit-il, je me rends prisonnier et je suis à votre disposition pour tout ce que vous voudrez. Ainsi me l'a ordonné le jeune homme qui reçut de vous les armes vermeilles !

— Débarrassez-vous de vos armes et mettez-vous à l'aise, cher seigneur. Que Dieu bénisse et comble de joie celui qui vous a confié à moi. Soyez le bienvenu ! À cause de lui, vous serez apprécié et honoré dans ma demeure.

— Seigneur, j'ai encore autre chose à dire. Avant d'ôter mon armure, je dois livrer un message à la reine et à ses demoiselles. Qu'elles viennent entendre ces nouvelles, et tout particulièrement la jeune fille qui reçut une gifle pour avoir osé rire.

Le roi fit venir la reine qui se présenta avec toutes ses demoiselles, qui l'escortaient en se tenant par la main, deux par deux.

— Noble reine, dit l'Orgueilleux, je vous apporte les salutations d'un chevalier que j'estime beaucoup et qui m'a vaincu par les armes. Il vous confie mon amie, la jeune fille que vous voyez avec moi.

La reine le remercia et le chevalier conta l'indignité et la honte qu'il lui avait fait subir. Sans rien cacher, il avoua tout, et même les raisons qui l'avaient fait agir ainsi. Après quoi, on lui montra la jeune fille que Keu avait frappée, et il lui dit :

— Demoiselle, celui qui m'a envoyé ici m'a ordonné de vous saluer et de vous faire connaître son serment : il n'entrera pas à la cour du roi Arthur avant de vous avoir vengée de la gifle que vous avez reçue à cause de lui.

Le fou fit une cabriole de joie.

— Seigneur Keu, vous allez payer votre dette, et bientôt !

Le roi prit alors la parole :

— Ah, Keu, tes moqueries m'ont privé d'un excellent chevalier. À cause de ton manque de courtoisie, je crains bien de ne jamais le revoir !

Le roi fit asseoir le chevalier prisonnier et le fit désarmer. Il le dispensa de toute captivité. Monseigneur Gauvain, qui se tenait à la droite du roi son oncle, lui demanda :

— Seigneur, comment est-il possible que ce jeune homme ait vaincu un chevalier tel que celui-ci ? Dans toutes les Îles de la Mer, je n'ai jamais connu personne qui puisse surpasser l'Orgueilleux de la Lande !

— Cher neveu, je ne le connais guère, et pourtant je l'ai vu. Il m'a demandé de le faire chevalier sur-le-champ. Je l'ai trouvé beau et bien fait, et j'étais tout disposé à lui faire apporter une armure toute dorée. Mais lui a refusé net : il ne voulait rien d'autre que l'armure vermeille du chevalier qui venait de me défier, en emportant ma coupe d'or. Et Keu, désagréable comme toujours, lui a dit méchamment : « Eh bien, va donc les chercher, ces armes ! Le roi te les donne, à condition que tu ailles les prendre ! »

Le garçon n'a pas compris la plaisanterie, il a cru que le sénéchal parlait sérieusement : aussitôt, le voilà parti à la poursuite du Chevalier Vermeil. Je ne sais pas exactement comment s'est passée la dispute, mais l'autre l'a frappé de sa lance brutalement et le jeune homme a répondu en lui envoyant son javelot dans l'œil. Il l'a donc tué et a pris son armure vermeille. Par la suite, il m'a parfaitement servi en m'envoyant des prisonniers de grande valeur, que vous pouvez voir ici : Clamadeu des Îles et l'Orgueilleux de la Lande. Par Monseigneur Saint David que l'on prie au pays de Galles, je jure de partir à sa recherche où il le faudra, sur terre et sur mer : je ne coucherai pas deux nuits de suite au même endroit, tant que je ne l'aurai pas trouvé !

Aussitôt que le roi eut prêté ce serment, toute la cour comprit qu'on allait se mettre en route. Vous auriez vu entasser dans les malles draps, couvertures et oreillers, préparer les tentes, charger les charrettes, harnacher les chevaux ! Le roi partit de Carlion avec tous ses barons. La cour au grand complet, dames et demoiselles comprises, le suivit pour lui faire honneur. Ils s'établirent le soir même dans une prairie, à la lisière de la forêt.

11

Perceval retrouve la cour d'Arthur

Cette nuit-là, la neige tomba, car la contrée était très froide. Perceval s'était levé de bon matin, comme à son habitude, car il était en quête d'aventures et de prouesses. Tout était encore couvert de givre et de neige, quand il parvint à la prairie où campait l'armée du roi. Mais avant d'arriver aux tentes, il vit passer dans le ciel une bande d'oies sauvages que la neige avait éblouies. Il suivait des yeux leur vol, quand soudain un faucon les prit en chasse. L'oiseau de proie réussit à isoler une oie et l'attaqua si bien qu'elle tomba à terre. Mais il était trop tôt ; il abandonna sa proie et s'enfuit. Perceval se hâta vers l'endroit où l'oiseau était tombé. L'oie sauvage était blessée au cou, et elle laissa couler trois gouttes de sang qui se répandirent sur la neige blanche. La blessure n'était pas grave, et avant que le jeune homme arrive, elle s'était déjà envolée pour rejoindre ses compagnes.

Quand Perceval vit la neige foulée et le sang qu'elle avait laissé, il s'appuya sur sa lance pour contempler cette image : car le sang sur la neige lui rappelait les fraîches couleurs du visage de son amie Blanchefleur. Il entra dans une profonde rêverie, songeant à ses joues rosées, où le vermeil se mêlait au blanc, tout comme ces trois gouttes de sang sur la neige blanche.

Perceval passa le petit matin à rêver sur ces gouttes, jusqu'au moment où des écuyers sortirent des tentes et, le voyant immobile, crurent qu'il sommeillait. Le roi dormait encore et les jeunes gens rencontrèrent devant la tente royale Sagremor, qui était appelé le Déréglé, à cause de son caractère impétueux.

— Seigneur, nous venons d'apercevoir, en dehors du camp, un chevalier qui sommeille sur son destrier !

— Est-il armé ?

— Ma foi, oui.

— Je vais lui parler et l'emmener à la cour.

Aussitôt, Sagremor courut vers la tente du roi et l'éveilla :

— Seigneur, il y a là-bas, sur la lande, un chevalier qui sommeille.

Le roi lui commanda d'aller le chercher et de l'amener à lui. Sagremor, sur-le-champ, se fit armer et réclama son cheval. Équipé de toutes ses armes, il se dirigea vers le chevalier.

— Seigneur, il vous faut venir à la cour !

Perceval resta immobile : il ne l'avait pas entendu. L'autre répéta son message, et comme il ne recevait toujours pas de réponse, il se mit en colère et s'écria :

— Par l'apôtre saint Pierre, vous y viendrez, de gré ou de force !

Il s'élança alors sur lui, lance baissée, en lui criant de se mettre en garde. Perceval, tiré de sa rêverie, lui fit face. Le choc fut rude, mais la lance de Sagremor se brisa contre l'écu de Perceval, tandis que celui-ci le frappait avec une force telle qu'il l'abattit à terre. Le cheval aussitôt prit la fuite vers le camp. Si certains s'inquiétèrent en le voyant sans cavalier, Keu ne put retenir sa mauvaise langue et dit au roi :

— Seigneur, voilà Sagremor ! Il vous ramène le chevalier, contre son gré, bien sûr !

— Keu, dit le roi, vous avez tort de vous moquer d'un chevalier très vaillant. Allez-y donc, et nous verrons si vous faites mieux que lui.

— Seigneur, je suis ravi de vous obéir. Puisque

c'est votre désir, je vous le ramènerai sans faute, qu'il le veuille ou non ; je le forcerai bien à dire son nom !

Il se fit armer convenablement et s'élança vers celui qui avait repris sa rêverie ; le jeune homme était tout à sa contemplation des trois gouttes de sang, et il ne se souciait de rien d'autre.

Keu lui cria de loin :

— Holà ! Vassal ! Venez vous présenter au roi ! Vous allez venir, ou bien vous le payerez cher !

Perceval, s'entendant menacer, tourna la tête de son cheval et piqua des éperons. Ils s'affrontèrent violemment, car chacun avait à cœur de faire de son mieux. Keu frappa de toutes ses forces et brisa sa lance en miettes. Quant à Perceval, il n'hésita pas : il le heurta si rudement en haut de son écu qu'il l'abattit sur un rocher. Puis, débarrassé de son adversaire, il retourna à ses pensées.

Ainsi se réalisait la prédiction du fou. Keu était dans un triste état : sa clavicule était déboîtée et son bras brisé entre le coude et l'épaule, comme une branche sèche. Il tomba à terre évanoui, et son cheval revint au grand galop vers les tentes. À sa vue, tous s'inquiétèrent et partirent à sa recherche. Quelle désolation quand ils le retrouvèrent ! Le roi Arthur eut beaucoup de chagrin, car il aimait fort le sénéchal. Il lui envoya son meilleur médecin, qui lui remit en place la clavicule et lui immobilisa le bras pour qu'il puisse se ressouder. Après l'avoir bien réconforté, on le porta dans la tente royale.

Monseigneur Gauvain était auprès du roi :

— Seigneur, il n'est pas normal qu'un chevalier ose en arracher un autre à ses pensées : c'est ce que vous avez vous-même toujours dit. Sagremor et Keu ont eu tort de le faire, et mal leur en a pris. Ce chevalier songeait peut-être à la perte d'un être aimé ou d'une amie chère à son cœur : il était donc en proie au tourment. Avec votre accord, j'irai vers lui voir comment il se comporte, et, s'il n'est plus absorbé dans ses pensées, je le prierai de venir vous trouver.

À ces mots, Keu laissa éclater sa colère :

— Ah ! Monseigneur Gauvain, vous allez nous l'amener par la main ! C'est ainsi que vous vous y prenez : quand le chevalier est déjà bien fatigué par le combat qu'il a soutenu contre les autres, vous vous posez en homme sage, capable d'obtenir sa reddition. Vous serez aimable et poli : aucune parole blessante, pas une méchanceté ! Pour cette mission, vous pouvez vous présenter en tunique de soie : vous n'aurez pas besoin de briser une lance ou de tirer l'épée ! Par vos beaux discours, vous saurez le caresser comme on caresse un chat, et tout le monde dira : « Monseigneur Gauvain a remporté une rude bataille ! »

— Seigneur Keu, vous pourriez être plus aimable ! Ce n'est pas la peine de passer sur moi votre mauvaise humeur. Oui, mon cher ami, je vais le ramener, ce chevalier, et sans bras cassé ni clavicule démise !

— Allez donc, cher neveu, dit le roi. Vous avez parlé, comme toujours, en chevalier courtois[1]. Toutefois, prenez vos armes : le contraire serait imprudent.

Gauvain, le meilleur d'entre tous les chevaliers d'Arthur, se fit armer et enfourcha son cheval. Il se dirigea tout droit vers le chevalier pensif. Perceval ne se lassait pas de contempler les gouttes de sang, mais le soleil s'était levé : déjà deux d'entre elles avaient fondu avec la neige, et la troisième allait s'affaiblissant. Perceval sortait de sa rêverie quand Gauvain s'approcha, tout doucement, au pas, pour le saluer :

— Seigneur, je suis le messager du roi : il vous prie de venir lui parler.

— Il y en a déjà eu deux qui voulaient m'emmener comme prisonnier. Plus grave, ils m'arrachaient à ma joie, car j'étais captivé par une pensée qui me charmait. Devant moi, ici même, il y avait sur la neige blanche trois gouttes de sang vermeil : il me semblait voir les fraîches couleurs du visage de mon amie.

---

1. Un chevalier *courtois* doit faire preuve des qualités morales et sociales qui le rendent digne de vivre à la cour : générosité, noblesse, politesse, mesure, respect des autres et en particulier des femmes.

— Certes, c'étaient là des pensées nobles et douces à votre cœur. Celui qui voulait vous en arracher s'est montré bien fou et arrogant. Mais, maintenant, j'aimerais connaître votre désir : voulez-vous venir à la cour du roi ?

— Dites-moi donc d'abord, mon cher ami, si Keu le sénéchal s'y trouve.

— Ma foi, il y est, assurément ! Sachez que vous lui avez brisé le bras droit et déboîté la clavicule !

— Je l'ai donc bien vengée, la jeune fille qu'il a frappée !

À ces mots, Monseigneur Gauvain tressaillit de surprise :

— Seigneur, par Dieu, c'est vous et nul autre que le roi cherche ! Comment vous appelez-vous ?

— Perceval, seigneur. Et vous ?

— Seigneur, sachez qu'on me nomme Gauvain.

— Gauvain ?

— Oui, à la vérité.

Perceval était ravi.

— Seigneur, j'ai souvent entendu parler de vous, et je rêvais de vous rencontrer. J'aimerais vous connaître mieux, si vous le voulez bien.

— J'en serais tout aussi heureux, dit Gauvain. M'accompagnerez-vous chez le roi ?

— Je serais fier d'être votre compagnon.

Ils tombèrent dans les bras l'un de l'autre, puis, tout joyeux, se dirigèrent vers le campement.

Des écuyers, voyant la scène, coururent prévenir le roi de leur arrivée :

— Seigneur, seigneur, voici Monseigneur Gauvain qui amène le chevalier. Ils semblent s'entendre à merveille !

Tout le monde se réjouissait, mais Keu ne put s'empêcher de dire ce qu'il avait sur le cœur :

— Voilà Monseigneur Gauvain couvert de gloire ! Il revient vainqueur d'une bataille où il n'a reçu ni donné aucun coup. C'est ainsi qu'on dira qu'il a réussi là où nous avons tous échoué !

Monseigneur Gauvain invita Perceval à venir se désarmer dans sa tente. Un chambellan[1] lui présenta de superbes vêtements : une cotte et un manteau qui lui allaient parfaitement. Main dans la main, ils allèrent tous deux trouver le roi, assis devant sa tente.

— Seigneur, fit Gauvain, je vous amène celui que vous souhaitiez tellement voir depuis quinze jours : c'est le chevalier dont vous étiez en quête. Je vous le remets, le voici.

— Cher neveu, soyez-en grandement remercié.

Le roi se leva pour accueillir Perceval :

— Soyez le bienvenu, cher seigneur ! Je vous en prie, dites-moi comment je dois vous appeler ?

---

1. Personne chargée du service de chambre d'un seigneur (préparer ses vêtements, son lit).

— Par ma foi, cher seigneur roi, je ne vous le cacherai pas : j'ai pour nom Perceval le Gallois.

— Ah ! Perceval, mon cher ami, j'espère que vous allez rester à ma cour. J'ai été désolé, la première fois où je vous vis, de n'avoir pas prévu l'avenir glorieux qui vous était destiné. Et pourtant, deux personnes à ma cour l'avaient bien prédit : la jeune fille et le fou, que frappa Keu le sénéchal. Et vous avez réalisé, d'un bout à l'autre, leur prophétie ! Vos exploits m'ont été contés, personne ne peut en douter.

La reine arriva alors, car elle avait appris la nouvelle de sa venue. Perceval alla aussitôt à sa rencontre pour la saluer :

— Que Dieu donne joie et honneur à la plus belle et la meilleure de toutes les dames !

— Et vous, soyez le bienvenu, répondit la reine. Vous avez fait la preuve d'une vaillance exceptionnelle.

Perceval put ensuite saluer la jeune fille qui avait ri en son honneur :

— Belle amie, si vous en avez besoin, je serai le chevalier qui ne manquera jamais de vous aider.

Le roi, la reine et les barons firent une fête magnifique en l'honneur de Perceval le Gallois. Ils l'emmenèrent le soir même à Carlion, et les réjouissances se prolongèrent durant trois jours.

12

La Demoiselle Hideuse

Le troisième jour de la fête, on vit arriver à la cour une demoiselle montée sur une mule[1] fauve et tenant dans sa main droite un fouet.

Je dois vous faire un portrait de cette demoiselle, tel que le rapporte le livre où j'ai trouvé cette histoire. Sa chevelure était tordue en deux grosses tresses noires. Son cou, son front, ses mains avaient la couleur du fer. Ses dents, celle du jaune d'œuf. Ses yeux ? deux petits trous ronds pas plus gros que les yeux d'un rat. Son nez était celui d'un singe ou d'un

1. La *mule* résulte du croisement d'un âne et d'une jument. C'est une monture surtout destinée aux dames, pour voyager ; elle est appréciée, mais moins noble que le *palefroi*.

chat et ses lèvres celles d'un âne ou d'un bœuf. Avec cela, barbue comme une chèvre et bossue par-devant et par-derrière. Quant à ses jambes, elles étaient tordues comme des baguettes d'osier, bien faites pour mener la danse ! Jamais vous n'auriez trouvé un tel prodige de laideur, même en enfer !

Elle s'avança devant le roi. La cour n'avait jamais vu un être aussi hideux. Elle les salua tous, le roi et ses barons, à l'exception de Perceval. À lui elle dit, du haut de sa mule fauve :

— Ah ! Perceval, maudit soit qui te salue ou qui te souhaite du bien ! Tu l'as rencontrée, ta chance, et tu ne l'as pas saisie ! Tu es entré chez le Roi Pêcheur, tu as vu la lance qui saigne, mais tu n'as pas ouvert la bouche : c'était trop pénible pour toi ! Tu n'as pas été capable de demander pourquoi cette goutte de sang jaillit à la pointe du fer étincelant ! Et le Graal, que tu as vu, tu n'as posé aucune question pour savoir à qui l'on en faisait le service !

« Malheur à celui qui rencontre la plus belle occasion qui soit, et qui en attend une autre meilleure ! C'est toi, misérable, qui as vu que c'était le moment de parler et qui as gardé le silence. Quel malheur que ce silence ! Si tu avais posé ces questions, le bon roi, si affligé, serait maintenant guéri de sa blessure et pourrait gouverner paisiblement sa terre. Les conséquences de cette infirmité seront terribles : bien des chevaliers mourront, les dames perdront leur mari, les jeunes filles, privées de toute aide, deviendront orphelines, et les terres seront dévastées. Le royaume entier deviendra une Terre Gaste[1] : tous ces malheurs arriveront par ta faute !

La Demoiselle Hideuse se tourna alors vers le roi :

— Roi, je m'en vais, si vous le permettez. Je dois en effet loger ce soir loin d'ici. Je ne sais si vous avez entendu parler du Château Orgueilleux : c'est là qu'il me faut aller. Dans ce château, il y a bien cinq cent soixante-six chevaliers de grande valeur, tous accompagnés de leurs amies, des dames nobles et ravissantes. Sachez que, là, tout chevalier aura l'occasion de s'illustrer : quiconque est en quête d'exploits chevaleresques en trouvera à sa mesure. Mais celui qui voudrait remporter le prix sur tout le monde, je crois savoir l'endroit où il pourrait le conquérir, s'il l'osait : sur la colline de Montesclaire, il y a une demoiselle assiégée. Celui qui parviendrait à lever le siège et à délivrer la jeune fille aurait conquis toute la gloire du monde !

La demoiselle se tut alors : elle avait livré son message et elle repartit sans en dire davantage.

Monseigneur Gauvain bondit sur ses pieds et déclara qu'il ferait tout son possible pour porter secours à la demoiselle de Montesclaire. Girflet, fils

1. Terre dévastée et stérile : dans les légendes celtiques, cet état est souvent lié à une blessure du roi ou à une malédiction.

de Do, parlant à son tour, dit qu'il irait combattre au Château Orgueilleux.

— Et moi, dit Kahedin, je gravirai le Mont Douloureux, je ne m'arrêterai pas avant !

Mais Perceval, lui, parla tout autrement :

— Je rechercherai sans me lasser les aventures les plus dangereuses. Jamais je n'entendrai parler d'un passage difficile sans aller le passer, ni d'un chevalier redoutable sans aller l'affronter, tant que je n'aurai la réponse à mes questions. Jamais je ne coucherai deux nuits de suite dans la même demeure, avant de savoir à qui l'on sert le Graal et pourquoi la lance saigne. Voilà le serment que je fais.

Et il y avait bien là cinquante chevaliers : tous se levèrent et se jurèrent de partir en quête des aventures les plus redoutables, dans les contrées les plus étranges et les plus périlleuses.

Tandis qu'ils se préparaient et s'équipaient, voici qu'entra dans la salle un chevalier nommé Guingambrésil, portant un écu d'or barré d'une bande d'azur. Il reconnut le roi et le salua comme il le devait, mais il ne salua pas Gauvain. Il l'accusa de traîtrise en ces termes :

— Gauvain, tu as tué mon seigneur et tu l'as frappé sans l'avoir auparavant défié[1]. La honte et le blâme sont sur toi : je t'accuse donc solennellement

1. Un combat loyal est toujours précédé d'un *défi*, au cours duquel sont exposés les motifs de l'attaque.

de trahison. Que tous ces barons sachent bien que je n'ai pas menti d'un seul mot.

À cet instant, Monseigneur Gauvain se leva d'un bond, rempli de honte, et Agravain l'Orgueilleux, son frère, se dressa à son tour :

— Par Dieu, cher seigneur, dit-il à son frère, ne déshonorez pas notre lignage en répondant vous-même à cette accusation. Laissez-moi laver cette injure en vous défendant.

— Frère, répondit Gauvain, je ne laisserai à personne le soin de laver mon honneur : c'est moi qui suis accusé, c'est moi qui assurerai ma défense. Si je savais avoir causé du tort au chevalier, je lui demanderais de faire la paix, et je proposerais très volontiers une réparation que tous jugeraient équitable. Mais son insulte dépasse les bornes et je me défendrai par les armes, où il lui plaira : je m'y engage.

Guingambrésil affirma qu'il ferait la preuve de cette ignoble trahison dans quarante jours, devant le roi d'Escavalon[1].

— Et moi, dit Gauvain, je promets de m'y rendre dès maintenant, et nous verrons bien qui est dans son bon droit.

---

1. Ce qui se met en place ici, c'est un *duel judiciaire* : quand il est impossible de résoudre un grave conflit, les adversaires se mettent d'accord pour défendre leur cause par les armes ; ils fixent un jour pour se battre et choisissent un arbitre qui assurera un combat loyal (ici, le roi d'Escavalon). Celui qui gagne fait la preuve de son bon droit.

Aussitôt, Guingambrésil partit. Quant à Monseigneur Gauvain, il se prépara au départ sans attendre. Tous lui proposèrent leurs meilleures armes : écus, lances, heaumes, épées ; Gauvain les refusa toutes et n'emporta que les siennes. Il emmena avec lui sept écuyers, sept destriers et deux écus.

Vous auriez entendu les lamentations de la cour ! On pleurait à chaudes larmes, on se frappait la poitrine, on s'arrachait les cheveux ! Pas une dame qui ne se désolât ! Monseigneur Gauvain s'en allait : tout le monde laissait éclater sa douleur.

Mon récit va maintenant se consacrer longuement à Gauvain, et vous ne retrouverez Perceval que bien après.

13

La Demoiselle aux Petites Manches

Monseigneur Gauvain prit donc la route vers Escavalon. Il croisa tout d'abord sur une lande un groupe de chevaliers, puis un écuyer qui menait de sa main droite un cheval espagnol.

— Mon ami, dis-moi, qui sont ceux qui viennent de passer par ici ?

— Seigneur, c'est Méliant de Lis, un chevalier vaillant et hardi.

— Et sais-tu où il se dirige ?

— Il va à un tournoi qu'il doit livrer contre Tiébaut de Tintagel.

— Mais comment est-ce possible ? N'a-t-il pas

été élevé dans la maison de Tiébaut, le vassal de son père[1] ?

— Oui, seigneur, c'est tout à fait exact. Son père était le suzerain de Tiébaut, et il l'appréciait beaucoup : il lui a donc, avant de mourir, confié son fils à éduquer. Méliant fut élevé par lui avec beaucoup d'affection, jusqu'au jour où il s'éprit d'une fille de Tiébaut et lui demanda son amour. Mais la jeune fille lui répondit qu'il lui faudrait d'abord le mériter par ses exploits. Elle lui imposa d'organiser un grand tournoi contre son père[2] : elle veut s'assurer, en le voyant jouter et manier les armes devant elle, que son amour sera bien placé. Le seigneur de Tintagel a donc accepté ce tournoi contre Méliant de Lis. Vous devriez les rejoindre et tâcher de vous illustrer dans ce combat.

Gauvain poursuivit sa route en direction de Tintagel, car il n'y avait pas d'autre chemin. Arrivé au pied de la tour, il entra dans un pré avec tout son équipage, chevaux, lances, écus. Il mit pied à terre sous un chêne.

Pendant ce temps, dans la ville, on se préparait au

---

1. Il est d'usage, pour un noble, d'envoyer son fils faire son éducation de chevalier auprès d'un autre seigneur, allié, parent ou vassal de confiance.

2. Au XIIe siècle, la forme la plus courante de tournoi consistait à simuler l'assaut donné à une ville fortifiée. C'était un combat entre deux camps : « ceux du dedans » (ici Tiébaut de Tintagel) contre « ceux du dehors » (Méliant de Lis et ses compagnons).

tournoi. Les dames et les demoiselles montèrent s'asseoir tout en haut de la tour, d'où elles pourraient le mieux observer la joute. Elles virent alors en bas, dans le pré, Monseigneur Gauvain avec tout son équipage.

— Eh bien, ce chevalier a tant d'armes et de destriers qu'il y en aurait assez pour deux ! Que fera-t-il de ses deux écus ?

La fille aînée de Tiébaut était montée au sommet de la tour, avec sa sœur cadette. Celle-ci portait des manches fort élégantes, si étroites qu'on les aurait dites peintes sur ses bras : pour cette raison, on l'appelait la Demoiselle aux Petites Manches. Avec les deux jeunes filles, toutes les dames s'étaient rassemblées. Aussitôt, le tournoi se mit en place devant le château. Aucun chevalier n'avait plus fière allure que Méliant de Lis, et son amie faisait son éloge aux dames qui l'entouraient :

— Vraiment, mesdames, jamais un chevalier ne m'a plu autant que Méliant de Lis. N'est-ce pas un plaisir de le voir ?

— Croyez-vous ? lui dit sa sœur, assise à côté d'elle. Le chevalier dans le pré me semble plus beau encore.

L'autre, en colère, voulut la frapper, mais les dames l'en empêchèrent.

Puis le tournoi commença : on y brisa plus d'une lance, on y porta de grands coups d'épée, et bien des chevaliers furent jetés au sol. Mais sachez que ceux qui durent jouter avec Méliant de Lis le regrettèrent, car il se battait mieux que tous les autres. Son amie, folle de joie, ne put se retenir :

— Mesdames, regardez ce spectacle extraordinaire ! Ce jeune homme est le meilleur que vous ayez jamais pu voir ! Il est plus beau et plus fort que tous !

— Moi, j'en vois un meilleur encore, répliqua la petite.

L'aînée se jeta sur elle, enflammée de colère.

— Petite garce[1], comment osez-vous critiquer quelqu'un que j'admire ? Prenez donc cette gifle et réfléchissez-y à deux fois !

Elle la frappa si violemment que ses cinq doigts en furent imprimés sur son visage. Les dames la blâmèrent et lui ôtèrent la petite des mains. Puis, observant à nouveau Monseigneur Gauvain, elles reprirent leurs remarques :

— Mon Dieu, ce chevalier sous le chêne, qu'attend-il pour s'armer et participer au tournoi ?

— Il a dû faire vœu de paix !

— C'est un marchand, dit la troisième. En fait, tous ces chevaux, il les mène pour les vendre.

— Vraiment, répliqua la petite, vous êtes de mauvaises langues. Croyez-vous qu'un marchand aurait

---

1. *Garce* est le féminin de *gars*, qui désigne le plus souvent un homme de basse condition. Les deux mots sont donc des termes d'injure.

de si grosses lances avec lui ? C'est un chevalier, il en a bien l'air.

Mais les dames répondirent en chœur :

— Il en a peut-être l'air, mais il ne l'est pas ! Il s'en donne l'apparence pour éviter de payer les péages dont doivent s'acquitter les marchands. Mais sa ruse ne servira à rien : on va l'arrêter comme un voleur et lui passer la corde au cou.

Monseigneur Gauvain entendait distinctement les moqueries des dames. Il souffrait d'avoir à endurer cette honte. Mais il pensait avec raison qu'il devait par priorité aller défendre son honneur là où il était accusé de trahison. S'il ne remplissait pas son engagement, il serait déshonoré et tout son lignage avec lui. Il ne pouvait donc prendre le risque d'être blessé ou fait prisonnier, et pourtant, il mourait d'envie de participer au tournoi !

Toute la journée jusqu'à la tombée de la nuit, on se battit devant la porte du château. L'issue du combat resta indécise et l'on décida qu'il reprendrait le lendemain matin. Monseigneur Gauvain entra dans la ville pour y passer la nuit. Un vavasseur très courtois, du nom de Garin, le pria d'accepter son hospitalité. Ils se dirigèrent donc vers sa demeure et, en chemin, le vavasseur lui demanda pour quel motif il ne participait pas au tournoi. Gauvain lui expliqua toutes ses raisons, et Garin ne put que l'approuver.

Pendant ce temps, les gens de la cour étaient en

train de lancer contre lui de graves accusations. La fille aînée du seigneur, par haine de sa sœur, travaillait à persuader son père :

— Seigneur, vous auriez bien tort de ne pas faire arrêter ce faux chevalier : il a introduit dans la ville écus, lances et chevaux, et il se livre sans vergogne au commerce. Traitez-le comme il le mérite : il est allé s'héberger chez Garin, le fils de Berthe.

Elle se donnait bien du mal pour déshonorer le chevalier. Le seigneur monta en selle, car il voulait aller en personne chez le vavasseur où logeait Gauvain. Mais sa plus jeune fille, le voyant partir ainsi, passa par la porte de derrière et courut en cachette chez le seigneur Garin, qui avait deux filles charmantes. Quand celles-ci virent la petite, elles furent toutes joyeuses et l'embrassèrent.

Le seigneur Garin et son fils étaient montés à cheval pour aller parler à leur seigneur. Ils le rencontrèrent en chemin. Tiébaut de Tintagel leur dit qu'il venait précisément chez eux :

— Ma foi, je viens chercher un homme qui se fait passer pour chevalier, mais en fait, c'est un marchand qui est là pour vendre des chevaux.

— Quels méchants propos ! Par Dieu, seigneur, je suis votre vassal, mais je me délie ici même de mon serment et je vous défie, si vous voulez porter atteinte à mon hôte sous mon toit !

— Je n'en avais nullement l'intention. Votre hôte

et votre demeure sont sacrés pour moi. Mais je dois dire que l'on m'a bien poussé à agir ainsi.

— Soyez-en remercié, fit le vavasseur. Mais venez donc voir mon hôte, ce sera un grand honneur pour moi.

Monseigneur Gauvain se leva à leur vue et les salua courtoisement. Le seigneur de Tintagel lui demanda pourquoi il s'était abstenu de participer au tournoi. Il admit parfaitement les raisons de Gauvain : un homme accusé de trahison, et devant se défendre dans une cour royale, ne pouvait prendre le risque de manquer à sa parole.

Le seigneur s'apprêtait à les quitter quand il vit entrer sa plus jeune fille, qui se précipita aux pieds de Monseigneur Gauvain et le saisit par la jambe[1] :

— Cher seigneur, prêtez-moi attention : je suis venue me plaindre à vous de ma sœur qui m'a battue. Faites-moi rendre justice, je vous prie !

Monseigneur Gauvain se taisait, car il ignorait tout de l'affaire. La demoiselle insista :

— C'est à vous, seigneur, que je parle, et c'est devant vous que j'accuse ma sœur ! Je n'ai aucune raison de l'aimer, car aujourd'hui, elle m'a couverte de honte à cause de vous.

— Mais en quoi suis-je concerné, ma belle amie ? Comment pourrais-je vous aider à obtenir justice ?

---

1. Geste de supplication par lequel on implore la pitié ou la protection de quelqu'un.

Le seigneur, qui avait déjà pris congé, entendit la requête de sa fille :

— Ma fille, qui vous a permis de venir vous plaindre aux chevaliers ?

— C'est donc votre fille, cher seigneur ? fit Gauvain.

— Oui, mais ne vous souciez pas de ses paroles. Ce n'est qu'une enfant, encore naïve.

— Certes, mais il serait vraiment grossier de ma part de ne pas faire sa volonté. Dites-moi toutefois, ma douce et noble enfant, quelle justice pourrais-je obtenir de votre sœur, et comment ?

— Seigneur, s'il vous plaît, il suffirait que demain vous portiez les armes au tournoi, pour l'amour de moi.

— Dites-moi, ma chère amie, avez-vous déjà fait semblable prière à un chevalier ?

— Non, jamais, seigneur.

— Ne prenez pas au sérieux cet enfantillage, dit Tiébaut. C'est une folie !

Mais Monseigneur Gauvain lui répondit :

— Par Dieu, seigneur, son discours enfantin est trop charmant, et je ne saurais opposer un refus à cette fillette. Puisque c'est son désir, demain, je serai pour un moment son chevalier.

— Soyez mille fois remercié, cher seigneur !

Elle était tellement heureuse qu'elle s'inclina devant lui jusqu'à terre. Ils s'en allèrent sans rien ajouter, le père emportant sa fille sur le cou de son palefroi. Elle lui raconta alors comment la dispute était arrivée :

— Seigneur, ma sœur était tellement exaspérante à chanter les louanges de son Méliant de Lis : il était pour elle le meilleur chevalier, et moi, je n'ai pu m'empêcher d'affirmer que j'en voyais un bien plus beau que le sien. Elle m'a traitée de folle et de garce, elle m'a tiré les cheveux et giflée. Mais demain, je l'espère, mon chevalier abattra au sol Méliant de Lis.

— Chère fille, je vous autorise et même vous recommande de lui faire parvenir, par courtoisie, un gage d'affection, manche ou guimpe[1].

— Je le ferais très volontiers, mais mes manches sont si petites que je n'oserais lui en envoyer une : elle lui semblerait de bien peu de valeur !

— Ma fille, laissez-moi faire. Je vais m'en occuper.

Ils revinrent tous deux au palais, le père tenant sa fille serrée dans ses bras. Quand la sœur aînée les vit, elle dit aigrement :

— D'où vient donc ma sœur, cette petite sournoise ?

---

1. Les *manches* étant souvent bien ajustées, elles devaient être cousues à la robe chaque fois qu'on s'habillait. Lors d'un tournoi, la dame qui voulait faire une faveur à un chevalier lui donnait à porter, accrochée à sa lance, une pièce d'étoffe lui appartenant : *manche* ou *guimpe* (voile de tête).

— Qu'est-ce que cela peut vous faire ? Vous feriez mieux de vous taire, car elle vaut mieux que vous. Vous l'avez battue et lui avez tiré les tresses : ce n'est pas la conduite d'une jeune fille courtoise, et je suis très mécontent de vous.

L'aînée se tut, très vexée de cette réprimande. Le père, de son côté, fit tirer de ses coffres une étoffe de soie vermeille et tailler et coudre une manche bien longue et large. Puis il la donna à sa cadette :

— Ma fille, demain matin, levez-vous à l'aube et allez donner au chevalier cette manche neuve : il la portera pour vous au tournoi.

La demoiselle, transportée de joie, eut bien de la peine à s'endormir. Elle se leva donc au matin et alla au logis de Monseigneur Gauvain. Elle se précipita vers lui :

— Que Dieu vous protège et vous comble d'honneur en cette journée ! Vous porterez, pour l'amour de moi, cette manche que voici.

— Volontiers, mon amie, je vous en remercie.

Les chevaliers ne tardèrent pas à se rassembler et à sortir de la ville. Les dames et les demoiselles montèrent à nouveau en haut de la tour. Méliant de Lis s'avança, précédant tous les autres. Quand elle le vit, l'aînée ne put se retenir :

— Mesdames, voyez venir le plus vaillant et le plus renommé !

Monseigneur Gauvain s'élança alors de toute la

vitesse de son cheval vers Méliant, qui ne doutait pas de lui. Les lances volèrent en éclats, mais Gauvain le frappa si fort qu'il le désarçonna. Aussitôt, il prit son cheval et le confia à un écuyer pour qu'il le mène à celle pour qui il combattait. La sœur cadette, du haut de la tour, avait bien vu tomber Méliant de Lis :

— Ma sœur, vous pouvez le voir étendu sur le dos, le seigneur Méliant de Lis, dont vous chantiez les louanges ! J'avais raison hier de dire qu'il y en avait un autre qui valait bien mieux !

Elle faisait exprès de tourmenter sa sœur aînée, qui s'écria, folle de colère :

— Petite garce, tais-toi ! Si je t'entends encore prononcer un mot, je vais te donner une gifle qui t'enverra à terre !

— Allons, allons, ma sœur ! Même si vous devez crever de rage, j'ai dit la vérité : votre chevalier est sur le dos, il agite bras et jambes sans pouvoir se relever !

L'autre lui aurait bien donné une claque, mais les dames mirent la cadette à l'abri. Pendant ce temps, son champion[1] remportait victoire sur victoire : des trois autres destriers qu'il gagna, il en envoya un à la femme de son hôte, et les deux autres à ses filles. Le tournoi se termina et Monseigneur Gauvain en remporta le prix ; il revint au château escorté de

1. On nomme *champion* celui qui se bat pour quelqu'un dans un combat ou dans un tournoi (en son honneur ou à sa place).

toute une troupe de chevaliers. Il rencontra la petite demoiselle à la porte de son logis ; elle le saisit par l'étrier en disant :

— Mille fois merci, mon très cher seigneur !

— Demoiselle, même quand je serai un vieillard aux cheveux blancs, je serai toujours à votre service, soyez-en assurée. Si vous avez besoin de mon aide, je viendrai au premier message.

Ils parlaient ainsi quand survint le père. Voyant que le chevalier allait partir, Tiébaut de Tintagel lui demanda son nom.

— Seigneur, on m'appelle Gauvain. Je n'ai jamais caché mon nom, mais je ne l'ai jamais dit avant qu'on me le demande.

Le seigneur fut rempli de joie : il aurait bien voulu le garder plus longtemps auprès de lui, mais Monseigneur Gauvain résista à ses prières. Il prit congé de son hôte et reprit sa route vers Escavalon.

14

Chez le roi d'Escavalon

Monseigneur Gauvain, cette nuit-là, dormit dans une abbaye. Le lendemain, il poursuivit sa route en compagnie de son écuyer. Dans l'après-midi, ils arrivèrent près d'un château d'où ils virent sortir toute une troupe de gens partant pour la chasse : des garçons à pied aux épieux[1] tranchants, des veneurs[2] menant les chiens, des archers, et enfin des chevaliers. Après eux venait un tout jeune homme, plus beau et élégant que les autres. Il salua Monseigneur Gauvain :

---

1. Courtes lances utilisées pour chasser le gros gibier (surtout le sanglier).

2. Ceux qui, dans une chasse, dirigent les chiens.

— Seigneur, acceptez mon hospitalité. Allez là d'où je viens et descendez chez moi. Il est temps pour vous de faire étape. J'ai une sœur très courtoise qui se fera une joie de vous recevoir. Ce chevalier, que vous voyez avec moi, vous conduira.

Puis, s'adressant à l'autre :

— Cher compagnon, menez ce seigneur chez ma sœur. Dites-lui ce que j'attends d'elle : au nom de l'affection qui existe entre nous, qu'elle accueille ce chevalier, qu'elle l'aime et le chérisse autant que moi-même. Qu'elle lui tienne compagnie jusqu'à ce que nous soyons revenus. Dès qu'elle l'aura reçu, vous pourrez nous rejoindre.

Le chevalier conduisit donc Monseigneur Gauvain en un endroit où tous le haïssaient à mort. Mais aucun des deux ne le savait, car ils ne s'étaient jamais rencontrés.

Monseigneur Gauvain observa le château : il le vit puissamment fortifié, construit sur un bras de mer. Il s'émerveilla de la prospérité de la ville ; les habitants étaient bien vêtus, et les boutiques regorgeaient de produits variés : épices, cire, fourrures et marchandises de toutes sortes. Des ouvriers s'activaient à tous les métiers possibles : on fabriquait des heaumes et des hauberts, on tissait de belles étoffes, on façonnait de la vaisselle et des bijoux avec les métaux les plus nobles.

Après avoir traversé la ville, ils parvinrent au donjon. Des serviteurs se précipitèrent pour s'occuper des chevaux et des bagages. Le chevalier entra seul dans la tour avec Monseigneur Gauvain, qu'il mena par la main jusqu'à la chambre de la demoiselle.

— Ma chère amie, votre frère vous adresse son salut et vous recommande ce seigneur : qu'il soit honoré et servi à la perfection. Montrez-vous large et généreuse, comme s'il était votre propre frère. Occupez-vous donc bien de lui, car je dois rejoindre mon seigneur à la chasse.

— Béni soit celui qui m'envoie un aussi agréable compagnon ! dit-elle, toute joyeuse. Cher seigneur, venez vous asseoir auprès de moi : c'est avec grand plaisir que j'obéirai aux ordres de mon frère.

Gauvain resta seul avec la jeune fille. Il n'en était pas mécontent, et elle, de son côté, était trop courtoise pour penser qu'on pourrait les espionner. Très vite, ils en vinrent aux paroles d'amour : s'ils avaient parlé d'autre chose, ils auraient bien perdu leur temps ! Monseigneur Gauvain lui demanda son amour et l'assura qu'il serait son chevalier toute sa vie. Ne voulant rien lui refuser, elle y consentit volontiers.

C'est alors qu'entra dans la pièce un vavasseur, qui allait leur procurer bien des ennuis, car il connaissait Gauvain. Il les trouva en train d'échanger des baisers, tout à la joie d'être ensemble. À ce spectacle, il ne put se taire et s'écria d'une voix forte :

— Femme ! Honte à toi ! Que Dieu te détruise et t'anéantisse ! L'homme que tu devrais haïr le plus au monde, tu lui fais fête, tu le laisses t'embrasser et te serrer dans ses bras ! Malheureuse folle, tu montres bien ta vraie nature de femme : tu lui donnes des baisers, alors que tu devrais lui arracher le cœur de la poitrine, de tes propres mains ! Voilà ce que tu aurais fait, si une femme pouvait faire quelque chose de bien. Mais toi, tu es bien une femme, je le vois, car tu embrasses celui qui a tué ton père.

Sur ces mots, le vavasseur disparut avant qu'on ait pu lui répondre. La jeune fille tomba évanouie sur le sol et resta longtemps inanimée. Monseigneur Gauvain la releva, inquiet de la voir livide de la grande peur qu'elle avait eue. Reprenant connaissance, elle s'exclama :

— Hélas ! Nous sommes morts ! À cause de vous, je perdrai la vie sans l'avoir mérité, et vous pour moi, je le crains. Toute la population de cette ville va venir : ils seront bientôt dix mille rassemblés devant cette tour. Mais il y a ici des armes en quantité, et je vais vous équiper immédiatement. Un seul chevalier de valeur pourrait défendre ce donjon contre une armée entière.

Elle courut chercher une armure et l'en revêtit

sur-le-champ. Seul manquait l'écu, par malchance ; avisant un échiquier, Monseigneur Gauvain s'en saisit.

— Chère amie, cet écu me suffira, inutile d'en chercher un autre.

Il renversa alors sur le sol les pièces du jeu d'échecs, qui étaient en ivoire et dix fois plus grosses qu'à l'ordinaire. Il était prêt à tout. Il comptait bien défendre la porte de la tour à lui seul, car il avait au côté Excalibur, la meilleure épée qui fût, celle de son oncle, le bon roi Arthur.

Le vavasseur était allé prévenir les habitants de la ville : le maire, les échevins[1] et d'autres bourgeois[2] ; on voyait à leurs ventres gros et gras qu'ils ne devaient pas jeûner souvent ! Il arriva à toute allure en criant :

— Aux armes, aux armes ! Allons prendre le traître Gauvain, qui a tué notre seigneur !

— Où est-il ? Où est-il ? firent-ils tous.

— Par ma foi, je l'ai trouvé, ce traître de Gauvain, dans cette tour où il est en train d'embrasser notre dame tout à loisir. Et elle n'y trouve rien à redire ! Mais venez donc, nous allons le saisir, et si nous pouvons le remettre à notre seigneur, nous l'aurons bien

1. Élus municipaux chargés d'assister le maire dans l'administration de la ville.

2. Les *bourgeois* sont, au Moyen Âge, les habitants de la ville (*bourg*), par opposition aux paysans.

servi. Prenez-le vivant, car la mort est un châtiment trop rapide, et il vaut mieux tenir son ennemi entre ses mains. Soulevez toute la ville, et faites votre devoir !

Le maire bondit sur ses pieds, suivi de tous ses échevins. Vous auriez vu ces vilains[1] furieux saisir haches, fourches et piques ! L'un attrapant un écu sans courroie, l'autre un battant de porte. Le crieur fit sa proclamation, tout le monde se rassembla. Les cloches se mirent à sonner, pour que personne ne manque à l'appel.

Voici Monseigneur Gauvain mort, si Notre-Seigneur ne le protège ! La demoiselle se prépara à l'aider hardiment. Elle cria à la commune[2] assemblée :

— Hou ! Hou ! Bande de canailles, chiens enragés, sale racaille ! Quels diables vous ont appelés ici ? Que cherchez-vous ? Que demandez-vous ? Si Dieu nous aide, c'est vous qui finirez morts et estropiés ! Vous n'emmènerez point ce chevalier : il n'est pas venu ici par la voie des airs ou en cachette, il m'a été envoyé par mon frère, qui m'a priée de lui faire honneur comme à lui-même. Et vous me traînez dans la boue parce que je lui ai fait bon accueil ? Je vous en veux de m'avoir couverte de honte en tirant

1. Le *vilain* est, au sens propre, un paysan. Mais le mot peut aussi désigner, au Moyen Âge, tout homme de basse condition (celui qui n'est ni noble, ni clerc appartenant à l'Église).

2. Ensemble de la population de la ville.

l'épée devant moi, à la porte de ma chambre, sans même m'exposer vos raisons. J'en suis folle de rage !

Tandis qu'elle leur disait ce qu'elle avait sur le cœur, les autres mettaient en pièces la porte avec leurs haches. Mais c'était compter sans le portier, Monseigneur Gauvain ! De son épée, il leur interdit le passage : à peine le premier fut-il touché que les autres reculèrent, moins pressés d'avancer. Pas un n'osait risquer ni pied ni main : chacun craignait pour sa vie !

La demoiselle, de son côté, passa à l'attaque : saisissant les pièces du jeu d'échecs qui étaient sur le sol, elle se mit à les lancer furieusement contre les assaillants, jurant qu'elle les ferait pendre.

Les vilains reculèrent, mais ils ne renoncèrent pas. Ils comprenaient bien qu'ils ne parviendraient pas à forcer la porte : elle était si étroite et si basse que deux hommes ne pouvaient y passer de front. Il était évident qu'un seul chevalier résolu n'aurait aucun mal à la défendre : il lui serait facile de pourfendre des vilains sans armures et de leur faire éclater la cervelle ! Ils décidèrent donc d'abattre la tour en la défonçant avec des pics d'acier et se mirent sans délai à ce travail de sape.

De tout cela, le seigneur hospitalier ne savait rien, mais il revint le plus vite possible de la chasse. Et voilà qu'arriva Guingambrésil, le sénéchal, à grande allure : il ignorait tout de la présence de Gauvain. Il fut stupéfait du vacarme que faisaient les vilains pour abattre la tour. Quand on le mit au courant, il interdit de continuer, et même d'arracher une seule pierre. Les autres ne voulant rien entendre, il résolut d'aller chercher son seigneur pour qu'il voie les dégâts provoqués par les bourgeois. Le roi revenait précisément du bois ; Guingambrésil le mit au courant :

— Seigneur, votre maire et ses échevins vous ont couvert de honte. Ils sont en train d'attaquer votre tour pour l'abattre. Je ne saurais le supporter : j'avais accusé Gauvain de trahison, vous le savez bien, et c'est à lui que vous avez donné l'hospitalité ! Maintenant qu'il est votre hôte, ce serait une honte qu'il ait à subir dommage ou injure.

— Vous avez raison, seigneur sénéchal, dès que nous y serons, il n'aura rien à craindre. Ce qui est arrivé me déplaît fort. Si mes gens le haïssent à mort, je ne peux m'en fâcher. Mais mon honneur me commande de garantir sa sécurité, puisque je lui ai donné l'hospitalité.

Ils parvinrent ainsi au donjon et y trouvèrent la commune qui menait grand tapage. Mais le roi parla au maire et, à sa suite, les autres se retirèrent. Un vavasseur était resté sur place : il était très écouté dans le pays à cause de sa sagesse.

— Seigneur, vous avez besoin maintenant d'un bon conseil, digne de foi. Il n'est pas étonnant que l'on ait attaqué celui qui a tué traîtreusement votre père : on le hait mortellement ici, et c'est légitime. Mais l'hospitalité que vous lui avez accordée lui sert de garantie : il ne peut être ni tué ni fait prisonnier. De plus, je vois ici Guingambrésil, qui lui doit aussi protection : il est allé l'accuser de trahison et l'a sommé de venir s'en défendre à votre cour. Je conseille que l'on remette la bataille d'une année entière, et qu'on lui donne à accomplir pendant ce temps une mission très périlleuse : il devra aller à la recherche de la lance qui saigne. Qu'il vous remette cette lance, ou il se retrouvera votre prisonnier, comme il l'est actuellement. Vous ne sauriez le plonger dans une plus terrible épreuve.

Le roi approuva ce conseil et rejoignit sa sœur. Elle vint à sa rencontre, en compagnie de Gauvain qui ne tremblait pas. Guingambrésil l'apostropha :

— Seigneur Gauvain, seigneur Gauvain, je vous avais accordé ma protection, mais je ne pensais pas que vous seriez assez hardi pour pénétrer dans le château de mon seigneur.

Le sage vavasseur prit la parole :

— Seigneur, avec l'aide de Dieu, toute cette affaire peut s'arranger. Cette attaque de la populace, on pourrait en discuter longtemps. Ce qui compte, c'est la volonté de mon seigneur le roi ici présent. Il m'ordonne de vous proposer, à condition que vous soyez d'accord, de reporter à un an ce combat. Vous

vous en irez libre, mais vous devrez vous engager auprès de mon maître à lui rapporter avant un an la lance qui saigne ; cette lance dont la pointe pleure des larmes de sang, cette lance dont il est écrit qu'elle peut un jour détruire le royaume de Logres[1]. Le roi exige que vous preniez cet engagement par serment.

— Certes, répliqua Monseigneur Gauvain, je préférerais mourir ou rester sept ans en prison plutôt que de faire ce serment ! Mieux vaut souffrir et endurer la mort dans l'honneur que vivre dans la honte en me parjurant.

— Cher seigneur, dit le vavasseur, il n'y aura nul déshonneur pour vous, si vous voyez bien le sens de cet engagement : vous allez jurer de faire tout votre possible pour rechercher la lance. Si vous ne la trouvez pas, vous reviendrez ici vous constituer prisonnier, et vous serez délié de votre promesse.

— Dans ces termes-là, j'accepte de prêter serment.

On sortit un précieux reliquaire[2] et Monseigneur Gauvain jura sur les reliques de mettre toute sa peine à rechercher la lance qui saigne. C'est ainsi

---

1. La terre ou royaume de *Logres* est le royaume d'Arthur, et plus particulièrement l'Angleterre.

2. Petit coffre très précieux, contenant les *reliques* (restes) des saints. On prête serment sur les reliques, dans les occasions très importantes, solennelles.

que fut ajournée d'un an sa bataille avec Guingambrésil. Il avait échappé à un grand péril, mais s'était jeté dans un autre.

Avant de quitter la tour, il prit congé de la jeune fille. Il ne garda que son fidèle destrier, et renvoya ses écuyers dans leur pays avec les autres chevaux.

15

Gauvain au château du Graal

Monseigneur Gauvain passa toute une année à rechercher la lance qui saigne. Il se souvenait des paroles de la Demoiselle Hideuse, quand elle était venue devant la cour du roi Arthur : Perceval avait vu la lance au château du riche Roi Pêcheur. Mais il eut beau parcourir le pays en tous sens, il ne trouva personne qui pût lui indiquer la demeure de ce roi.

Ce qui lui pesait le plus, c'était l'idée de devoir retourner se constituer prisonnier à Escavalon. Il ne redoutait pas le combat contre Guingambrésil, mais la laide accusation de trahison l'affligeait profondément. Il savait bien qu'il n'avait jamais rencontré l'ancien roi d'Escavalon : comment le jeune roi et

Guingambrésil, deux nobles et loyaux chevaliers, pouvaient-ils le croire capable d'un tel acte ? Son cœur craignait par-dessus tout la honte répandue sur son nom.

Il cheminait donc, plongé dans ces tristes pensées, à travers une contrée déserte et désolée. Les champs n'étaient plus cultivés, aucun bétail dans les prairies à l'herbe desséchée ; les rares paysans qu'il croisait, le voyant équipé de toutes ses armes, couraient se réfugier dans leurs habitations en ruines ou dans les fourrés. Tandis qu'il traversait une forêt obscure, il entendit soudain crier, au loin ; il se rendit compte que c'était la voix d'une femme en grand danger, qui avait besoin de secours. Il s'élança donc en direction des cris et finit par découvrir une malheureuse assaillie par deux brigands. Ceux-ci se préparaient à la tuer pour s'emparer plus facilement de sa mule avec tout son chargement.

Monseigneur Gauvain ne prit même pas la peine de remettre sur sa tête son heaume, qu'il avait quitté pour être plus à l'aise. Il se précipita sur les brigands, la lance baissée. Il atteignit le premier à l'œil : son coup s'enfonça dans le crâne en faisant jaillir le sang et la cervelle. Voyant son compagnon mort, le second, saisi de colère, chercha à se venger : il leva sa massue et s'apprêta à frapper Gauvain sur la tête, que rien ne protégeait. Le chevalier se couvrit de son écu, mais ébranlé par le coup, il tomba à terre. Saisissant alors son épée, il l'assaillit violemment et le blessa profondément à l'épaule ; le brigand, pris de frayeur et couvert de sang, courut chercher refuge dans la forêt.

Gauvain renonça à le poursuivre, préférant revenir vers la demoiselle qu'il avait sauvée d'une mort assurée. Quand il fut auprès d'elle, il fut stupéfait de la reconnaître : c'était la Demoiselle Hideuse qui était venue se présenter l'an passé à la cour du roi Arthur.

— Ah, Gauvain, lui dit-elle, tu seras toujours le meilleur défenseur des dames et des demoiselles ! Tu m'as sauvée d'un grand péril : tout ce royaume est en effet livré à l'abandon, c'est une Terre Gaste, stérile et désolée. Ceux qui devaient la défendre sont morts et les malheureux paysans sans protection sont la proie des brigands. Moi-même, qui revenais porter un message au roi de ce pays, j'ai bien failli être leur victime. Mais, dis-moi, que venais-tu chercher dans ces contrées dangereuses ?

— Noble demoiselle, depuis presque un an déjà, j'ai parcouru maintes terres à la recherche du château du riche Roi Pêcheur. Sa demeure abrite, dit-on, la lance dont la pointe saigne : c'est l'objet de ma quête.

— Gauvain, Gauvain, nul ne peut découvrir ce château sans y être d'abord invité. Mais tu m'as sauvé la vie, à moi qui suis la messagère du Roi

Pêcheur. Tu n'as pas hésité à me secourir, alors que je suis plus laide qu'aucune créature au monde. Sache que je ne suis hideuse que lorsque je me trouve à l'extérieur de ces murs. Dans le château, ma mission est tout autre : c'est moi qui porte le Graal quand il apparaît devant le bon Roi Pêcheur. Suis-moi donc au château, c'est là que tu seras hébergé ce soir.

Monseigneur Gauvain avait peine à croire à sa chance ; il suivit la demoiselle, qui était remontée sur sa mule fauve. Au sortir de la forêt, il aperçut dans un vallon la haute tour carrée d'un château. La jeune fille l'accompagna jusqu'à l'entrée où elle le laissa seul. Des serviteurs arrivèrent aussitôt pour le désarmer, et il laissa son cheval à leurs soins. On l'habilla d'une belle cotte fourrée de vair[1], et on le conduisit bientôt dans la grande salle.

Un noble seigneur aux cheveux blancs était installé sur un lit, vêtu de riches vêtements. Il était appuyé sur un coude, et l'on pouvait voir qu'il était infirme. Gauvain l'ayant salué, son hôte le fit asseoir à côté de lui et lui demanda son nom.

— Seigneur, je ne l'ai jamais caché : on me nomme Gauvain.

— Vous êtes donc Monseigneur Gauvain, le

1. Fourrure de l'écureuil gris argenté.

neveu du roi Arthur ! C'est un honneur pour ma demeure de recevoir un chevalier si renommé.

Pendant qu'ils parlaient ainsi, les tables furent préparées pour le dîner. On apporta des chandeliers qui illuminèrent la salle. Les autres convives s'approchèrent, et l'eau chaude pour se laver les mains fut servie dans des bassins d'or.

Ils s'étaient assis à table pour manger, quand ils virent sortir d'une chambre un très beau jeune homme tenant une lance étincelante ; de la pointe jaillissaient des gouttes de sang. Elle passa devant Monseigneur Gauvain ; celui-ci la fixa un moment, puis se tourna vers son hôte :

— Seigneur, je viens de voir cette lance dont le fer saigne. D'où vient ce sang et pourquoi coule-t-il sans cesse ? Voilà ce que je suis venu chercher ici. Dites-moi, je vous en prie, la vérité sur ce prodige.

— Mon cher ami, aucun homme jusqu'ici n'a osé demander cela. Mais je vous le dirai, sans rien vous cacher. C'est cette lance qui a frappé le coup douloureux dont je suis resté infirme : à cause de cette blessure, de grands malheurs se sont abattus sur ce royaume. Je ne puis le gouverner et il est devenu une Terre Gaste. Cette lance si dangereuse aurait pu frapper un jour le royaume de Logres, où règne le bon roi Arthur, mais votre question l'a sauvé et il ne sera pas détruit par un coup félon[1], comme l'a été celui-ci.

Comme le roi finissait de parler, une grande lumière se fit dans la salle : précédée de deux jeunes gens chargés de chandeliers, une jeune fille s'avançait portant dans ses deux mains levées le Graal, brillant de tous ses feux. La demoiselle était merveilleusement belle et Monseigneur Gauvain ne pouvait détacher d'elle ses regards. Était-il possible que ce fût la Demoiselle Hideuse, qui l'avait guidé jusqu'ici ? Le chevalier était tellement ébloui par sa beauté qu'il n'ouvrit pas la bouche pour demander ce qu'était le Graal et à qui l'on en faisait le service.

Le repas s'acheva. Monseigneur Gauvain avait longuement cheminé depuis des jours dans des contrées arides, sans trouver où se loger. Il était si fatigué qu'il s'endormit, et son hôte le laissa se reposer.

Le lendemain matin, quand il se réveilla, il se trouvait sur une lande, avec son cheval et son équipement à côté de lui. Il fut fâché et troublé de se retrouver là : ni ville, ni maison, ni château, ni donjon. Il s'arma et remonta sur son cheval. Il était honteux de s'être endormi et de n'avoir pu en apprendre davantage sur les prodiges du château.

Il reprit la route à travers la contrée et fut tout

1. Déloyal, traître.

étonné de constater que le pays, qu'il avait vu la veille désolé et désert, avait complètement changé : les prairies et les bois avaient retrouvé leur verdure, les arbres étaient couverts de fruits et les champs de moissons. On entendait le murmure des sources et le chant des oiseaux.

Il vit alors venir à lui toute une troupe de gens qui lui faisaient fête :

— Ah, seigneur, tu nous as sauvés : les grands biens que nous avions perdus, les prés, les bois, les champs qui étaient devenus stériles, voilà qu'ils nous sont rendus. En posant au bon roi cette question, tu as délivré la Terre Gaste de son maléfice. Sois béni pour ta venue dans cette contrée !

Mais derrière eux venait la Demoiselle Hideuse, montée sur sa mule fauve. Elle attendit que le cortège eût disparu pour s'adresser au chevalier :

— Ah, Gauvain, Gauvain ! Tu seras toujours le même : le plus vaillant, le plus courtois des chevaliers du roi Arthur... mais tu ne sauras jamais résister au joli visage d'une femme ! Que d'imprudences as-tu commises en l'honneur des dames et des demoiselles ! À Tintagel, tu as compromis ta mission pour contenter la Demoiselle aux Petites Manches. À Escavalon, tu étais trop occupé à tenir de doux propos à la sœur du roi pour t'apercevoir que tu étais tombé entre les mains de ceux qui voulaient ta mort. Et ici, au château du Roi Pêcheur, la beauté d'une femme t'a empêché de demander à qui l'on portait le Graal ! À cause de ta légèreté, le bon roi va demeurer infirme, alors que tu aurais pu le guérir.

— Ah, demoiselle, ne puis-je réparer cette faute ? Ne retrouverai-je jamais le château ?

— Non, c'est un autre chevalier qui peut remplir cette mission. Il y a déjà manqué une fois, et de grands malheurs en sont advenus. Toi, tu as accompli ce qui t'était destiné, en rendant la vie et l'abondance à la Terre Gaste ; tu as aussi sauvé le royaume de Logres de cette lance meurtrière, assoiffée de sang.

— Demoiselle, cette lance, je devais la rapporter à Escavalon, où l'on m'attend pour un combat où mon honneur est en jeu.

— Non, Gauvain, cette lance ne peut quitter le château du Graal. Si l'on t'a obligé à en entreprendre la quête, c'est parce que tes ennemis pensaient que cette épreuve était la plus périlleuse qui soit. Mais la situation a changé pour toi, et tu peux te rendre à Escavalon sans crainte.

— Vous semblez savoir, ma chère amie, bien des choses que j'ignore. Mais le jeune roi, son sénéchal Guingambrésil et toute la population de la ville m'accusent d'avoir tué traîtreusement le père du roi. Et jamais, je le jure devant Dieu, je ne l'ai rencontré.

— Tu dis la vérité, et pourtant eux aussi n'ont pas menti : ils étaient sûrs que c'était bien Gauvain qui avait tué leur roi. Mais c'est un autre chevalier qui l'a fait en se faisant passer pour toi. Te souviens-tu de Greoréas ? Il te haïssait plus que tout au monde. Il a tué traîtreusement le roi d'Escavalon dans une embuscade et, en s'enfuyant, il a crié aux serviteurs du roi : « Ainsi périssent les ennemis de Gauvain ! » C'est depuis ce jour que ceux d'Escavalon sont sûrs de ta félonie.

— Comment pourrait-il en être autrement ?

— Dieu a voulu que Greoréas périsse dans un combat. Avant de mourir, il a avoué son crime et son mensonge. Le roi d'Escavalon, ses barons et toute sa ville l'ont appris, et ils regrettent fort les affronts que tu as dû subir de leur part.

— Soyez remerciée mille fois pour les nouvelles que vous m'apprenez, chère amie. Vous m'avez grandement rendu l'aide que j'ai pu vous apporter.

Gauvain prit alors congé de la demoiselle et se dirigea vers Escavalon, où il reçut le meilleur accueil du monde. Le conte s'arrête de parler ici de Gauvain, et revient à Perceval.

16

Perceval chez l'ermite

L'histoire nous raconte que Perceval avait perdu la mémoire : il avait oublié Dieu. Cinq années entières passèrent, cinq fois revinrent avril et mai, sans qu'il entrât dans une église pour adorer le Seigneur-Dieu. Il resta ainsi pendant cinq ans, et pourtant il ne manqua pas de rechercher les exploits chevaleresques, les aventures extraordinaires et périlleuses. Il les cherchait et il les trouvait ; il n'en rencontra aucune sans en venir à bout. Pendant ces cinq années, il envoya soixante chevaliers de grande valeur prisonniers à la cour d'Arthur, sans que jamais Dieu lui revienne en mémoire.

Un jour, au bout de ces cinq années, alors qu'il

cheminait, armé de toutes ses armes comme à l'habitude, il rencontra trois chevaliers et une dizaine de dames. Ils allaient tous à pied et sans chaussures, la tête recouverte d'un capuchon, et ils portaient de rudes chemises de laine grossière[1]. Perceval, qui arrivait tout armé, tenant sa lance et son écu, s'étonna beaucoup de voir ces seigneurs et ces dames, qui faisaient leur pénitence[2] à pied, pour sauver leurs âmes, à cause de leurs péchés[3].

L'un des trois chevaliers arrêta Perceval et lui demanda :

— Très cher seigneur, vous ne croyez donc pas en Jésus-Christ ? Il n'est ni bien ni juste de porter les armes le jour où Jésus-Christ est mort !

Et Perceval, qui n'avait aucune idée du jour ni de la saison tellement son cœur était tourmenté, lui répondit :

— Quel jour est-ce donc aujourd'hui ?

— Quel jour, seigneur ? Vous ne le savez pas ?

---

1. Marcher *sans chaussures* est pénible et douloureux ; les *vêtements de laine grossière* sont d'habitude portés par les vilains ; cheminer *à pied* est tout aussi inhabituel pour la noblesse. Tous ces gestes sont des actes de *pénitence*.

2. *Faire pénitence*, c'est s'obliger à quelque chose de pénible, pour marquer son regret d'avoir péché, et demander le pardon de Dieu.

3. Fautes commises contre Dieu, quand on ne respecte pas ses commandements. Le chrétien fait pénitence pour *sauver son âme*, pour se réconcilier avec Dieu.

C'est le Vendredi saint[1], le jour où l'on doit adorer Jésus et sa croix. C'est ce jour-là que fut crucifié celui qui était pur de toute faute, pour que nous soyons délivrés du péché. Avant, les hommes devaient aller en enfer, et maintenant ils sont sauvés. Tous ceux qui croient en lui sont appelés aujourd'hui à faire pénitence et à pleurer leurs péchés. En ce jour, aucun croyant ne devrait porter les armes !

— Et d'où venez-vous donc ainsi ?

— Seigneur, nous venons de cette forêt où habite un homme de bien, un saint ermite[2]. Il ne vit que pour célébrer la gloire de Dieu.

— Au nom de Dieu, qu'avez-vous fait là-bas ? Qu'avez-vous demandé ? Qu'avez-vous cherché ?

— Quoi donc, seigneur ? fit l'une des dames. Nous avons demandé aide et conseil pour nos péchés, et nous nous sommes confessés[3]. C'est la meilleure chose qu'un chrétien puisse faire pour retrouver Dieu.

---

1. Jour où les chrétiens célèbrent la mort de Jésus, crucifié pour sauver les hommes de leurs péchés. Au Moyen Âge, l'Église recommandait aux croyants d'observer ce jour-là (et pour toutes les grandes fêtes) la *Paix de Dieu*, c'est-à-dire de ne pas porter les armes et de s'interdire tout combat.

2. Religieux (souvent prêtre ou moine) qui vit dans la solitude, à l'écart du monde, pour se consacrer à la prière.

3. La dame décrit une pratique essentielle des chrétiens, *la confession*. Pour se réconcilier avec Dieu, le chrétien doit avouer (*confesser*) ses péchés à un prêtre, qui l'aide de ses conseils. Celui-ci a le pouvoir de lui pardonner ses péchés au nom de Dieu.

Ces paroles firent pleurer Perceval, et il éprouva le désir d'aller parler au saint homme.

— J'aimerais aller là-bas, chez l'ermite, si je connaissais le chemin.

— Seigneur, c'est bien simple. Suivez ce sentier qui s'enfonce dans la forêt, vous remarquerez les nœuds de branchages que nous avons laissés pour guider ceux qui voudraient s'y rendre.

Perceval les quitta et s'engagea sur le chemin. Il soupirait du fond du cœur, car il se sentait coupable envers Dieu, et plein de repentir[1]. Il avançait en pleurant à travers le bois, et quand il arriva à l'ermitage, il mit pied à terre et se désarma. Ayant attaché son cheval à un charme, il entra chez l'ermite, et le trouva qui se préparait à dire la messe dans une petite chapelle.

Le chevalier se mit aussitôt à genoux, et le saint homme le vit, humble et pleurant, les larmes lui coulant des yeux jusqu'au menton. L'ermite l'appela à lui et Perceval, qui se rendait bien compte qu'il s'était mal conduit envers Dieu, s'inclina vers l'ermite, les mains jointes ; il le pria de lui venir en aide, car il en avait grand besoin.

L'homme de Dieu lui répondit :

— Tu dois avant toute chose dire ta confession,

1. Regret que l'on éprouve pour une faute, un péché. On pensait, au Moyen Âge, que le vrai signe d'un repentir sincère était les larmes.

car on ne peut se réconcilier avec Dieu sans se confesser et se repentir de ses péchés.

— Seigneur, cela fait bien cinq ans que j'ai erré sans savoir où j'allais. Je ne savais plus où j'en étais, je n'aimais plus Dieu et je ne croyais plus en lui. Depuis ce moment, je n'ai plus fait que du mal.

— Ah ! mon ami, dis-moi pourquoi tu as agi ainsi, et prie Dieu d'avoir pitié de toi.

— Seigneur, je suis allé une fois chez le Roi Pêcheur et j'ai vu la lance dont le fer saigne ; j'ai vu la goutte de sang couler de la pointe étincelante, et je n'ai rien demandé. Et le Graal que j'ai vu, je n'ai jamais appris à qui l'on en faisait le service ; à partir de ce moment, j'ai vécu dans une telle souffrance que j'aurais voulu être mort. J'en ai oublié Dieu ; je ne l'ai jamais prié depuis, et je n'ai plus rien fait de bon.

— Ah ! mon cher ami, dis-moi donc quel est ton nom ?

— Perceval, seigneur.

À ces mots, le saint homme soupira, car il avait reconnu le nom :

— Frère, ce qui t'a fait bien du mal, c'est un péché dont tu ne sais rien : c'est la douleur qu'éprouva ta mère à cause de toi quand tu la quittas. Elle tomba évanouie sur le sol, au bout du pont devant la porte ; c'est ce chagrin qui l'a tuée. Tu n'as pas voulu voir sa souffrance, et c'est à cause de ce péché que tu n'as rien pu demander au sujet de la lance et du Graal : la souffrance du roi infirme ne t'a pas conduit non plus à poser les questions qui l'auraient sauvé. À cause de cela, de nombreux malheurs sont arrivés, et toi-même, tu n'aurais pas survécu sans ta mère, qui veillait sur toi du haut du Ciel. Dieu, écoutant les prières qu'elle faisait pour toi, t'a protégé de la mort et de la prison. Mais le jour où tu as été au château du Graal, ton péché t'a tranché la langue : tu n'as pas pu prononcer un mot quand tu as vu le fer qui ne cessa jamais de saigner et le Graal qui passait parmi les convives.

« Celui à qui l'on en fait le service, c'est mon père. Ta mère était ma sœur, ainsi que celle du riche Roi Pêcheur. Nous sommes les trois enfants du très vieux roi malade, qui se trouve dans la chambre où tu as vu entrer le Graal. Mais ne crois pas qu'il contienne un aliment terrestre, brochet, lamproie ou saumon ! Le saint homme est seulement nourri d'une hostie[1] : c'est elle qui le soutient et le maintient en vie ; depuis quinze ans, il n'est pas sorti de cette chambre. Quant au Graal, si tu l'as vu passer plusieurs fois dans la salle du repas, c'est parce qu'il

1. Petite rondelle blanche de pain azyme (sans levain), utilisée pour la célébration de la messe. Lorsque l'hostie a été consacrée par le prêtre, les catholiques y voient la présence réelle du Christ. Les croyants la mangent ensemble lors de la *communion* ; on la porte aussi aux malades et aux mourants. Dans ce roman, il s'agit d'une sorte de miracle, puisque cette seule hostie maintient le vieux roi en vie depuis quinze ans.

a le pouvoir, par sa seule présence, de procurer les meilleures nourritures à ceux qui participent au festin : les mets les plus délicieux et les plus abondants garnissent la table grâce au pouvoir nourricier du Graal.

« Et maintenant, je vais te donner ta pénitence[1] et le pardon de ton péché.

— Cher oncle, c'est bien ce que je veux aussi. Ne devez-vous pas m'appeler neveu, et moi oncle, puisque votre sœur était ma mère ?

— C'est vrai, mon cher neveu. Mais écoute bien mes conseils : si ton repentir est sincère et si tu veux prendre soin de ton âme, va tous les jours au monastère ou à l'église pour adorer Dieu, dès que tu entendras sonner la cloche. S'il t'est possible d'assister à la messe, ce sera encore mieux. C'est ainsi que tu pourras t'améliorer et gagner le paradis. Respecte les prêtres de Dieu, ainsi que les hommes et les femmes de bien. Ne manque jamais d'aider les femmes en détresse, surtout les veuves et les orphelines. Aie pitié de ceux qui souffrent et pratique la charité[2] : c'est la plus grande vertu du chrétien. Voilà ce qu'il

1. La *pénitence* fait partie du sacrement de la confession. Perceval s'est confessé de ses péchés. Le prêtre lui donne une pénitence, une sorte d'épreuve à accomplir en réparation (ici, jeûner pendant deux jours avec lui). Avant cela, il lui donne des *conseils* pour qu'il ne retombe pas dans le péché.

2. La *charité* est l'amour des autres. C'est la vertu principale pour le christianisme.

faut que tu fasses pour racheter tes péchés et retrouver Dieu. Dis-moi si tu es prêt à cela.

— Oui, je le veux de tout mon cœur.

— Alors, je te demande de rester avec moi deux jours entiers et, par pénitence, de prendre la même nourriture que moi.

Perceval ne fit aucune objection. L'ermite lui dit alors en secret à l'oreille une prière, qu'il lui répéta jusqu'à ce qu'il la sache. Elle contenait beaucoup de noms de Notre-Seigneur, et elle était d'une telle puissance qu'on ne devait la prononcer qu'en cas de péril extrême, en danger de mort.

Perceval resta donc chez l'ermite. Ce soir-là, il eut à manger ce qu'il plut au saint homme : rien que des herbes, cerfeuil, laitue et cresson ; du pain d'orge et d'avoine et l'eau claire de la fontaine. Il passa ces jours à adorer Dieu et à regretter ses péchés. Le troisième jour était le dimanche de Pâques[1] : il reçut la communion et son cœur fut rempli de paix.

---

1. Chez les chrétiens, la *Semaine sainte* commémore l'histoire de Jésus : si le *Vendredi saint* est un jour de deuil et de pénitence qui rappelle sa Passion (souffrances) et sa mort, le *dimanche de Pâques* (trois jours après) fête sa *résurrection* : les chrétiens croient en effet que Jésus est revenu à la vie (*ressuscité*) au bout de trois jours.

17

Partinal de la Vermeille Tour

Perceval prit congé de l'ermite et se remit en route, tout pensif. Plus que jamais, il voulait retrouver le château du Roi Pêcheur, car il avait compris quelles avaient été ses erreurs.

Il chemina ainsi jusqu'au soir. Au sortir d'une forêt, il regarda sur sa gauche et aperçut une cité fortifiée, construite sur la mer. Au plus haut de la ville se dressait un donjon carré, fait de pierres de grès ; à chaque créneau de la tour était suspendu un écu vermeil. Perceval se dirigea de ce côté afin d'y chercher un gîte pour la nuit. Il aurait mieux fait de s'en abstenir ! Une dame vint à sa rencontre, accompagnée d'un petit garçon de deux ans et demi. Quand il l'eut saluée, il formula sa demande, et elle lui accorda très volontiers de loger en ces lieux :

— Seigneur, la coutume qui est établie dans ce château veut que je vous reçoive. Que Dieu qui est au Ciel vous préserve de toute mauvaise aventure !

Elle ne voulut pas lui dire un mot de plus et le conduisit dans la grande salle. Le chevalier fut désarmé et revêtu d'une belle cotte fourrée. Mais j'ai bien peur qu'il ne doive payer cher ces faveurs, avant de s'en aller !

Quand Perceval fut prêt, il se retourna et vit, au milieu de la salle, un long coffre d'ivoire ouvragé ; une étoffe de soie le recouvrait, brodée d'or et d'argent, et cousue de pierres précieuses. Aux quatre coins brûlaient des cierges ardents posés dans des candélabres d'or. Sur le côté, le coffre était fermé par une serrure, une clef d'or pendait au bout d'une chaînette.

Quand Perceval aperçut le coffre, étonné d'une pareille richesse, il voulut savoir s'il y avait dedans des reliques :

— Dame, racontez-moi quelles reliques sont dans ce coffre, car je vois qu'il est recouvert d'une étoffe extraordinairement précieuse.

— Seigneur, que Dieu me protège, je n'en sais rien, en vérité, car nul n'a jamais pu l'ouvrir depuis qu'il est arrivé ici. Voici l'histoire : il y a plus de cinq ans, nous vîmes venir sur ce rivage un cygne, qui tirait une barque attachée à son cou par une chaîne d'argent. À ses cris, mon mari accourut, avec tous ses hommes. Ils trouvèrent dans le bateau ce coffre avec ces chandeliers, ainsi qu'un message. Et savez-vous ce qui était écrit ? Que nous devions le garder dans ce château, et que nul ne pourrait l'ouvrir, sinon le meilleur chevalier du monde. Mais lorsqu'il l'aurait ouvert, ce serait alors un grand chagrin pour mon époux et pour nous tous. C'est pour cette raison qu'ils guettent chaque jour le grand sentier qui vient de la forêt. Les chevaliers qui cherchent aventure viennent ici essayer d'ouvrir ce coffre, mais je puis vous jurer que personne encore n'y est parvenu ; même Monseigneur Gauvain, le neveu du roi Arthur, a échoué. Voici la coutume de ce château. Que Dieu vous assiste, pour que vous puissiez sortir de cette épreuve avec succès !

Là-dessus arriva le seigneur du château, qui s'appelait Partinal de la Vermeille Tour, en compagnie de ses hommes, des chevaliers vaillants et hardis. Il se dirigea vers Perceval, sans le saluer.

— Chevalier, avant de manger ou de boire, il vous faut tenter d'ouvrir le coffre. Vous ne pouvez vous dérober, alors faites-le sans tarder.

— Je n'ai pas oublié ce que m'a dit la dame de ces lieux, et je n'ai rien refusé.

Sur ces mots, le jeune homme se leva et se dirigea tout droit vers le coffre. Il prit la clef et la mit facilement dans la serrure. Le seigneur et ses amis s'approchèrent et l'entourèrent. Perceval donna un simple tour de clef et le coffre s'ouvrit aussitôt ; il en souleva le couvercle. Tous se pressaient autour de lui pour voir ce qu'il y avait dedans. Ils regardèrent et virent un chevalier couché, mort, le corps recouvert d'un riche drap de soie. Au grand étonnement de tous, une douce odeur sortait du coffre, plus suave que l'encens et la myrrhe[1]. Sur le corps reposait un message écrit en lettres d'or. Le seigneur tendit la lettre à son chapelain[2], afin qu'il lui en fît la lecture :

— Seigneur, fit celui-ci, regardez bien sous ce drap. Le mort qui gît dessous, ne l'avez-vous pas connu, quand il était en vie ? Car ce message dit que celui qui a pu ouvrir le coffre est son meurtrier !

Le seigneur souleva le drap de pourpre et découvrit le visage du mort. Il l'examina et reconnut son frère ; son œil avait été percé par un javelot, qui avait pénétré jusqu'à la cervelle. Il se tourna vers ses compagnons et s'écria d'une voix forte :

— Seigneurs, c'est mon frère, le Chevalier Vermeil, qui gît ici, mort.

---

1. L'*encens* et la *myrrhe* sont des parfums rares et précieux, qui servaient à embaumer les morts, dans l'Antiquité.

2. Religieux attaché au service de la chapelle, dans un château. C'est souvent la seule personne qui sache lire, car les seigneurs étaient généralement illettrés au XIIe siècle.

À ces mots, il s'évanouit de douleur. Quand il revint à lui, il laissa éclater son deuil et sa colère :

— Voici donc le grand chagrin qui nous était promis ! Je retrouve enfin mon frère, et il est mort ! La seule joie que ce monde peut encore m'offrir, c'est la vengeance !

Perceval, voyant cette douleur, comprit bien qu'il aurait du mal à sauver sa vie, si Dieu ne l'aidait. Il n'avait autour de lui que des ennemis qui le haïssaient à mort.

Partinal se tourna vers lui.

— Chevalier, moi seul ai le droit de prendre votre vie. Je vengerai ainsi la mort de mon frère que vous avez tué par trahison. Car je ne vois aucune autre possibilité : vous l'avez assassiné lâchement.

— Seigneur, je refuse l'accusation de trahison. Je suis désolé d'avoir tué le Chevalier Vermeil, mais il était dans son tort. Dans son orgueil insensé, il m'a frappé le premier, d'un violent coup de lance par le travers des épaules. Comment en sommes-nous venus là ? J'étais assez sot et naïf pour croire que le roi Arthur m'avait fait don de ses armes vermeilles. Je croyais qu'il suffisait que je les exige pour les obtenir, je l'ai même menacé de les lui prendre de force. Courroucé par mes paroles, il m'a alors frappé, sans préavis, de sa lourde lance. J'ai aussitôt riposté en lui lançant mon javelot, qui lui a pénétré dans l'œil jusqu'à la cervelle. Il mourut de ce coup, j'en suis navré. Mais je suis prêt à vous offrir réparation : vous pouvez aisément comprendre que je l'ai tué par ignorance, mais, à la vérité, il m'avait frappé le premier.

— La seule réparation que je désire, c'est ta mort. Mais il ne sera pas dit que je t'ai tué de façon lâche et vile, alors que tu étais désarmé dans ma demeure. Voilà ce que nous ferons : je te ferai rendre tes armes, et demain matin, à l'extérieur de ma cité, il te faudra combattre contre moi.

Ainsi fut-il décidé. Le lendemain matin, dans la prairie, tout le monde s'était rassemblé. La femme du seigneur était là avec son fils, ainsi que les chevaliers, assez fâchés qu'on ne leur ait pas permis de se mêler de l'affaire.

Perceval monta sur son destrier, mit en place son heaume et pendit son écu à son cou. À son côté, il avait sa bonne épée, que lui avait jadis donnée le Roi Pêcheur. Il prit sa grosse lance de sapin au fer acéré et se prépara à défendre sa vie. Partinal était bien armé, et monté sur un cheval robuste et rapide ; il brûlait de se battre. Il ne redoutait pas Perceval, et il s'était juré de le tuer ou de l'estropier.

Les adversaires éperonnèrent leurs chevaux et s'affrontèrent, lance baissée. Le choc fut d'une telle force que les fers percèrent les écus. Les mailles des hauberts se rompirent en plusieurs endroits. Au second assaut, les lances volèrent en éclats et il ne leur resta plus que des tronçons. Mettant pied à terre, ils sortirent leurs épées du fourreau ; chacun se prépara à se protéger de son écu. Partinal porta un coup furieux qui fit voler le heaume de son adversaire. Voilà Perceval en grand danger, si Dieu ne le protège ! Il leva à son tour son épée et en asséna un coup violent, qui ne rencontra que l'écu de Partinal. C'est alors que l'épée se brisa en deux morceaux, laissant Perceval désarmé : sa mort était assurée !

Il lui revint alors à l'esprit la prière que lui avait apprise le saint ermite : seul Dieu et son saint nom pouvaient le sauver de ce péril.

Déjà Partinal courait vers lui l'épée levée pour le tuer, quand se fit entendre un son argentin dans la campagne. C'était la cloche d'un monastère qui appelait à la prière. Partinal laissa retomber son bras ; son cœur fut touché de pitié et il renonça à sa colère et à sa vengeance.

— Je n'ai jamais tué un adversaire désarmé. À quoi me servirait ta mort ? Elle ne rendrait pas la vie à mon frère. Les tiens ne cesseraient de chercher vengeance contre moi et mon fils, et la haine ne finirait jamais entre nos deux lignages. Va donc en paix, j'empêcherai mes hommes de te nuire.

— Seigneur, je n'ai jamais rencontré une telle générosité chez un adversaire. C'est Dieu, je crois, qui vous a inspiré ces nobles sentiments. Mais pourrais-je vous rendre en retour quelque service, en réparation des dommages causés à votre famille ?

— Tu le peux, certes. Depuis cinq ans, mon lignage est brouillé avec le roi Arthur. Mon frère avait eu la folie de se rebeller contre le roi, qui ne l'a pas oublié. J'aimerais faire ma paix avec lui, puisque tu es un de ses fidèles.

« Je ne manquerai pas de parler en votre faveur, cher seigneur. Le roi est généreux, et toujours prêt à accueillir à ses côtés des chevaliers de valeur.

Là-dessus, ils se séparèrent. Perceval alla rechercher dans l'herbe les morceaux de son épée, et il les replaça dans son fourreau ; montant sur son cheval, il s'enfonça dans la forêt.

18

L'épée brisée

Perceval chevauchait dans la forêt, à la fois heureux et affligé. Il était heureux d'avoir échappé à la mort, et remerciait Dieu de l'avoir ainsi sauvé du courroux de Partinal. Mais il était affligé d'avoir brisé en deux son épée, cette épée magnifique que lui avait offerte le bon Roi Pêcheur. Il se souvenait de la prédiction de la jeune fille, sa cousine, rencontrée au lendemain de sa nuit au château du Graal : cette épée se briserait dans un combat, et seul pourrait la ressouder celui qui l'avait façonnée, le forgeron Trébuchet, qui demeurait au lac de Cotoatre.

Il chemina pendant plusieurs jours et parvint ainsi dans une contrée verdoyante. Il vit les champs labourés, les vignobles et les rivières qui descendaient en bordure d'un grand lac. Sur la rive, non loin d'une ville fortifiée, se dressait un manoir ; il se dit qu'il y demanderait l'hospitalité pour la nuit.

Il y fut très bien reçu par un vavasseur, qui s'occupa de lui avec courtoisie. Comme ils avaient fini de dîner, lui et son hôte s'approchèrent d'une fenêtre qui donnait sur le lac et la ville. La nuit était presque tombée, mais on distinguait le château. Et il sembla à Perceval qu'il voyait la flamme d'une grande fournaise, une flamme bleuâtre qui paraissait sortir d'un mur, par le trou d'une cheminée. Il demanda à son hôte ce qui pouvait jeter une telle flamme.

— Je vous dirai toute la vérité à ce sujet, sans vous tromper aucunement. Ce château est la demeure d'un forgeron d'un très grand âge. Un roi le lui donna pour le récompenser des trois épées qu'il avait fabriquées. Dans ce château se trouve la forge où il les fit toutes trois. L'une de ces épées, plus tranchante et dure que toute autre, lui donna tant de peine qu'il mit un an entier à la forger. Il déclara qu'elle ne serait brisée que lors d'un seul péril, qu'il était seul à connaître. Cette épée prodigieuse ne pourrait être réparée que par lui. Quant à cette flamme azurée que vous voyez, différente de toutes les autres, elle ne s'est jamais éteinte depuis. Pourtant, on ne ranime pas le feu, et lui n'a plus jamais rien voulu forger : il sait bien en effet que lorsqu'il aura reforgé cette épée, il ne tardera pas à mourir.

« Je vous ai exposé toute la vérité. Mais sachez qu'au pied du pont-levis du château, se trouvent deux dragons enchaînés. Les gens de sa maison n'ont rien à craindre d'eux, c'est pourquoi la porte reste ouverte. Mais s'il se présentait un jour dans cette contrée quelqu'un qui viendrait pour ressouder l'épée, ces horribles dragons le tueraient. Sachez que, à moins de savoir voler comme un oiseau, il est impossible d'entrer dans ce château.

Perceval fut tout heureux de ces paroles. Il avait trouvé l'endroit où les morceaux de son épée pourraient être ressoudés. Il demanda à son hôte :

— Cher seigneur, comment se nomme ce château qui est si beau ?

— Seigneur, c'est le château du lac de Cotoatre.

Perceval alla se coucher en pensant à sa bonne épée, et au forgeron qui demain, s'il plaisait à Dieu, la réparerait. Il se leva de bon matin et alla entendre la messe, dite par le chapelain du manoir. Après avoir déjeuné d'un chapon rôti, il s'arma rapidement. Il monta à cheval sans attendre et s'arma de sa lance ; il avait à son côté l'épée tronçonnée en deux morceaux dans son fourreau, mais il lui fallait trouver une autre arme pour la remplacer. Voyant une grande hache pendue au mur, il s'en empara, puis s'avança vers le château.

Il arriva non loin de la porte où les dragons étaient

enchaînés sur le pont. Ils étaient féroces et hideux : les affronter, c'était aller à la mort.

Le vavasseur le rejoignit :

— Cher seigneur, quel est votre projet ?

— Je veux entrer dans ce château pour y faire ressouder mon épée. Et pour cela, il me faudra venir à bout des deux dragons qui gardent la porte.

Les habitants de la ville étaient accourus pour se rassembler autour de lui. Ils le supplièrent :

— Seigneur, n'y allez pas, par pitié de vous-même. Voulez-vous donc mourir ? Abandonnez cette idée ! Nous avons vu beaucoup de vaillants chevaliers périr misérablement, brûlés par le feu que ces maudits dragons jettent par la gueule. Vous n'y pourrez résister !

Mais Perceval n'hésita pas. Il plaça son écu devant son visage pour se garder des flammes et invoqua la protection de Dieu. Le voilà sur le pont face aux deux bêtes terrifiantes. Quand les dragons le virent venir, ils semblèrent pris de folie. Chacun hérissait sa crête, jetant d'ardentes flammes ; ils tiraient de toutes leurs forces sur leurs chaînes pour l'atteindre. Mais Perceval brandit sa grande hache et d'un coup trancha les deux pattes d'un des dragons, qui fut forcé de reculer. L'autre se précipita vers lui et ficha dans son écu ses griffes d'acier, si profondément qu'il lui était impossible de s'en débarrasser. Perceval le lui abandonna : le dragon tout empêtré ne put rien faire quand il leva sa hache. Il lui trancha le cou, et la tête, noire et hideuse, tomba dans l'eau. L'autre dragon accourut et frappa le chevalier de sa queue monstrueuse. Perceval fut renversé, mais, bondissant sur ses pieds, il courut à nouveau vers lui : avec rage, il abattit la hache dans sa gueule, si profondément qu'il atteignit les entrailles. Une fumée ardente s'en échappa, manquant de le brûler, mais le dragon était bien mort.

Quand le vavasseur et tous les habitants du château virent que Perceval avait tué les deux grands dragons hideux, leur chagrin se changea en joie. Ils lui amenèrent son cheval, et le jeune homme, après avoir récupéré son écu des griffes du dragon, entra dans la demeure. Il y trouva le maître de maison et, voyant son grand âge, le salua avec respect :

— Seigneur, que Dieu vous sauve !

À ces mots, le vieillard aux cheveux blancs se mit en colère.

— Soyez le mal venu, car je sais bien ce que vous cherchez. Êtes-vous donc entré en volant, puisque je vous vois devant moi ?

— Non, j'ai vaincu les grands dragons ; grâce à Dieu, j'ai fini par les tuer tous les deux. Mais indiquez-moi sans tarder où je pourrais trouver le forgeron.

— Et que lui voulez-vous ?

— Il faut qu'il refasse mon épée, par Dieu.

Quand l'autre entendit ces paroles, son sang ne fit qu'un tour ; il sauta sur ses pieds et aperçut à son flanc l'épée qu'il avait forgée lui-même.

— Chevalier, je sais bien qu'elle s'est brisée. Il était écrit qu'elle le serait : cela n'a pas manqué. Sachez que c'est moi qui dois la réparer, et personne d'autre. Donnez-moi donc cette épée, je rassemblerai les pièces.

Le forgeron, avec deux grands soufflets, raviva le feu qui ne s'était jamais éteint. Il prit les morceaux des mains de Perceval et les raccorda. Il reforgea si bien l'épée que nul n'aurait pu voir qu'elle avait un jour été brisée. Il polit l'acier et reforma les lettres de l'inscription, puis la lui tendit :

— Seigneur, soyez sûr que cette épée ne se rompra jamais plus. Elle est digne de vous, car vous êtes le meilleur chevalier du monde. Vous avez affronté des épreuves bien périlleuses en recherchant le château du Graal, mais sachez que le terme de votre quête est proche.

Sur ces mots, il lui rendit l'épée. Le chevalier la ceignit et prit congé. Franchissant la porte et le pont, il retrouva le vavasseur et tous les braves gens de la ville : ils auraient bien voulu le retenir, mais ils durent se contenter de l'accompagner quelque temps sur le chemin.

Perceval chevaucha sans plus tarder, mais à peine eut-il perdu de vue le château qu'il entendit sonner les cloches : c'était pour la mort de Trébuchet, qui avait reforgé sa bonne épée, tranchante et dure.

19

Le retour au château du Graal

Perceval chemina pendant plusieurs jours parmi des terres désertes, sans rencontrer personne. Ne trouvant nulle demeure pour l'héberger, il dut dormir une nuit au pied d'un arbre, et une autre dans la grange d'un paysan. L'espoir pourtant ne l'abandonnait pas, et il ne cessait de prier Dieu qu'il lui accorde de retrouver le château du Graal.

Le troisième jour, alors qu'il traversait une profonde forêt, il crut voir au loin, à travers les arbres, un jeune garçon, mais il le perdit de vue. Il continua d'avancer dans cette direction et perçut un mouvement derrière un gros rocher : c'était un paysan qui ramassait du bois, lui sembla-t-il. Il lança son cheval pour le rejoindre, et quand il fut plus près, il lui parut que c'était un vieillard. Il décida de l'interroger :

— Dieu te bénisse, noble vieillard.

— Tu as raison de te réjouir de ma rencontre, Perceval, et pourtant, tu ignores encore pourquoi.

— Mais comment savez-vous mon nom ?

— Avant même ta naissance, je connaissais ton nom ! Je sais aussi ce que tu recherches depuis longtemps : la demeure de ton oncle, le Roi Pêcheur.

— Seigneur, je suis stupéfait ! Je ne vous ai jamais rencontré. Qui êtes-vous, pour savoir si bien qui je suis et ce que je cherche ?

— Je ne te mentirai pas. On m'appelle Merlin, et je suis venu à toi, car il est temps que tu retrouves la terre de ton lignage.

— Ah ! Merlin, j'ai beaucoup entendu parler de vous, et si vous me dites que je vais revoir ce château, je vous crois, car vous êtes un puissant prophète. On dit aussi que vous avez pouvoir de prendre la forme que vous voulez.

Le vieillard se mit à rire.

— Eh oui ! Tu viens de l'apprendre à tes dépens : le jeune garçon, c'était moi ; moi encore, le paysan qui ramassait du bois !

— Au nom du Ciel, dites-moi alors comment je pourrai parvenir à la demeure du riche Roi Pêcheur.

— Ce n'est pas bien difficile. Au sortir de cette

forêt, tu verras une rivière profonde et rapide, aux eaux noires et bouillonnantes. Suis-la, et tu arriveras au château du bon roi. Mais là, souviens-toi de ce que tu dois faire, et ne laisse pas le roi souffrir plus longtemps !

— Seigneur, depuis cinq ans, je ne pense qu'à ces questions que je n'ai pas posées.

— Alors, marche dans la direction que je te montre.

Perceval se tourna pour voir le chemin à prendre ; quand il voulut remercier son guide, il n'y avait plus personne, mais il entendit, au fond du bois, l'écho d'un rire[1].

Perceval remercia le Ciel de cette rencontre et se mit en route à travers la forêt. Il ne tarda pas à trouver la rivière et descendit vers le chemin qui longeait la rive : c'était là qu'il avait rencontré jadis le roi pêchant dans sa barque. Il reprit le sentier montant vers la colline, et là, parvenu au sommet, il découvrit dans le vallon le château qu'il avait tant cherché.

Il se présenta à la porte de la salle, où il fut reçu avec la même courtoisie : on s'occupa de son cheval et de ses armes, et il fut revêtu d'un magnifique bliaut de soie pourpre. Il fut aussitôt conduit auprès de son hôte.

---

1. Le *rire* de Merlin accompagne ses prédictions : c'est un signe de ses pouvoirs prophétiques. Il est également connu, dans les légendes celtiques, pour changer de forme à volonté (pouvoir de métamorphose).

Dès qu'il le vit, le roi se dressa comme il le put du lit où il était allongé, et fit asseoir Perceval à côté de lui. Le jeune homme se sentit tout affligé de ses souffrances, et des larmes lui montèrent aux yeux.

— Ah, seigneur, j'ai tant regretté mes erreurs ! Depuis plus de cinq ans, j'ai cherché à revenir ici pour les réparer, mais en vain.

— Perceval, ces cinq ans n'ont pas été perdus. Il fallait que tu connaisses bien des épreuves pour te rendre digne de ton destin. Les exploits chevaleresques ne suffisent pas : nul ne peut parvenir à rien s'il n'est aidé de Dieu.

Pendant qu'ils parlaient, les tables avaient été mises, les luminaires apportés, et les convives s'étaient rassemblés pour le repas. On vit alors sortir d'une chambre le jeune homme portant la lance d'une blancheur éclatante, où perlaient les gouttes de sang. Perceval se tourna vers le roi.

— Seigneur, ces gouttes de sang qui coulent sans cesse jusqu'à la main qui tient la lance, d'où viennent-elles ? Pourquoi le fer étincelant saigne-t-il ?

— Cette lance ne cessera jamais de saigner : c'est elle qui a frappé le coup douloureux qui m'a blessé. C'est à cause d'elle que je suis devenu infirme, et que mon royaume est devenu une Terre Gaste. Mais un chevalier est venu, Gauvain, le neveu du roi Arthur, et il nous a été d'une aide précieuse : grâce à lui, la

Terre Gaste a retrouvé sa prospérité. Quant à cette lance, elle a cessé d'être une menace, elle ne ravagera plus nul royaume. Elle ne peut plus que pleurer éternellement des larmes de sang pour le coup félon qu'elle a jadis porté.

Une grande lumière se fit alors dans la salle. Précédée des deux porteurs de candélabres, une jeune fille d'une beauté radieuse s'avança, tenant dans ses mains le Graal. Et comme elle passait auprès des tables, celles-ci se trouvèrent garnies, pour chaque convive, des mets les plus délicats.

— Seigneur, s'écria Perceval, me direz-vous enfin à qui l'on fait le service du Graal, que j'ai vu porter à travers cette salle ?

Et comme il se tournait vers le Roi Pêcheur, il s'aperçut que celui-ci était guéri : son visage avait retrouvé ses couleurs et il se redressa pour s'asseoir sur le lit.

— Sois béni pour la question que tu viens de poser, car elle m'a rendu la santé. Je vais te répondre : celui à qui l'on porte le Graal est mon père. C'est un saint homme fort malade : il ne se nourrit que de l'hostie qui repose dans le Graal.

— Mais comment se fait-il qu'au passage du Graal, les tables aient ainsi été couvertes de nourritures délicieuses ? Pourquoi le Graal repasse-t-il à chaque service du repas ?

— Le Graal est une telle merveille qu'il procure

à chacun ce dont il a besoin. S'il apporte à mon père l'hostie qui suffit à sa vie, il donne à tous les habitants de ce château, et à moi-même, des nourritures qui soutiennent nos corps. Même au temps où ce royaume a été une Terre Gaste, nous n'avons manqué de rien, par le pouvoir nourricier du Graal.

— Je suis heureux de connaître les bienfaits de ce Graal si précieux, et encore plus de vous voir en pleine santé. Mais pourrais-je vous demander encore autre chose ?

— Parle librement.

— Il n'y a guère longtemps, j'ai rencontré un saint ermite qui m'a dit qu'il était votre frère, et aussi celui de ma mère. Êtes-vous donc bien mon oncle ?

— Tu as dit vrai : tu es mon neveu, et le vieux roi malade est ton aïeul. Tu es le dernier descendant mâle d'un lignage prestigieux, qui règne depuis des siècles sur ce royaume. C'est pour cette raison que tu étais le seul à pouvoir nous sauver de la grande détresse où nous avait mis le coup félon.

Perceval était rempli de joie. Il serait bien resté plus longtemps à parler avec son oncle, le Roi Pêcheur, mais les préparatifs du coucher avaient commencé et l'on se sépara pour dormir.

Le lendemain matin, le Roi Pêcheur trouva Perceval tout pensif ; appuyé à la haute fenêtre de la salle, il laissait errer son regard sur les bois et les prés.

— Mon cher ami, dit le roi, je vois qu'un souci te tourmente. N'es-tu pas heureux de te trouver en ces lieux, dans ce château qui vit naître ta mère ?

— Mon cher oncle, aucun lieu ne saurait me plaire davantage que celui-ci. Par-dessus tout, je me réjouis d'avoir pu réparer mes fautes envers vous et les vôtres. Mais je me souviens d'une promesse que j'ai faite, il y a plus de cinq ans, et que je n'ai jamais tenue.

— Certes, mon neveu, ce souci est juste. Un homme de bien doit tenir ses engagements, quoi qu'il en coûte. Mais dis-moi, quelle promesse as-tu faite ?

— Il y a plus de cinq ans, il m'arriva de porter secours à une noble jeune fille assiégée dans son château. Après avoir vaincu ses ennemis, je devins l'ami de la belle Blanchefleur. Tous les siens voulaient que je l'épouse et devienne aussi seigneur de sa terre ; j'aurais bien aimé rester auprès d'elle, mais j'étais tourmenté du sort de ma mère que j'avais laissée dans la Forêt Déserte. Je lui jurai donc que je reviendrais, dès que je le pourrais, à Beaurepaire. Son souvenir ne m'a jamais quitté, et jamais aucune autre femme n'a ému mon cœur.

— Mon ami, ce sont là de nobles sentiments. Voilà ce que je te conseille : envoie un messager à cette jeune fille. Si son cœur t'est resté fidèle, elle te le fera savoir.

Perceval confia donc un message à un chevalier très expérimenté qui partit pour Beaurepaire accompagné d'un écuyer.

C'est en ces jours que le vieux roi malade mourut. Son âme était en paix, car il avait vu son petit-fils, et le royaume était désormais en sécurité entre les mains du Roi Pêcheur. On lui fit des funérailles magnifiques, mais personne n'était triste ; on savait bien, en effet, qu'il n'aspirait qu'à une seule chose : rejoindre au Ciel son Créateur.

Au dixième jour après ces événements, on annonça au roi qu'une petite troupe était en marche vers le château. Il monta en haut de sa tour : on distinguait des écus brillants et des bannières colorées flottant au vent. Perceval, qui avait rejoint son oncle, regarda attentivement ; il vit luire au soleil des cheveux blonds plus brillants que l'or.

— Par ma foi, seigneur, c'est mon amie Blanchefleur. Mon cœur tressaille de joie à sa vue. Permettez-moi, seigneur, d'aller l'accueillir.

Il descendit de la tour aussi vite qu'il le put. Le cortège arrivait devant le château. Aucune bouche humaine ne saurait décrire la joie de Perceval et de son amie lorsqu'ils se retrouvèrent. Blanchefleur lui jeta les bras autour du cou et l'embrassa plus de cent fois : elle avait souvent craint pour sa vie, mais elle n'avait jamais douté de son amour.

Tous les habitants du château étaient sortis pour manifester leur joie aux arrivants. Perceval, détachant enfin ses yeux de son amie, se tourna vers ceux qui l'avaient accompagnée. Au premier rang d'entre eux, il reconnut Gornemant, le sage chevalier qui lui avait appris à se servir des armes.

— Seigneur, soyez mille fois remercié pour avoir conduit à moi Blanchefleur, mon amie. Je vous dois déjà beaucoup, à vous qui m'avez fait chevalier. Mon vœu le plus cher serait d'épouser votre nièce.

— Ami, dit le vavasseur, tu l'as bien mérité puisque tu l'as jadis défendue contre des ennemis redoutables. Beaurepaire a retrouvé sa prospérité et sera désormais défendu par un de mes fils, puisque tu vas épouser ton amie.

On célébra donc les noces de Perceval et de Blanchefleur. Ils échangèrent devant tous leurs serments d'amour et de fidélité. Au milieu de la joie générale, le Roi Pêcheur s'adressa à Perceval :

— Écoutez-moi bien, vous, douce Blanchefleur, et toi, mon cher neveu. Votre mariage ravit mon cœur, car Dieu vous donnera une nombreuse et valeureuse descendance. Le destin qui m'a jadis frappé m'a empêché d'avoir des enfants. C'est toi, Perceval, le fils de ma sœur chérie, qui as sauvé ce royaume : quand l'heure viendra, tu régneras sur cette terre et tu seras à ton tour gardien du Graal.

Pour mieux comprendre *Perceval*

Le Conte du Graal, car c'est le véritable titre donné à l'œuvre par son auteur, a été écrit par Chrétien de Troyes vers 1190. Mais, cette certitude mise à part, que savons-nous en fait de ce dernier ? Bien peu de chose à la vérité, seulement ce qu'il nous dévoile de lui-même dans les prologues où il présente ses œuvres.

Ses principaux romans, *Erec et Enide*, *Yvain ou Le Chevalier au lion*, *Lancelot ou Le Chevalier de la charrette*, ont été composés entre 1170 et 1190, et *Le Conte du Graal*, couramment appelé *Perceval*, est sa dernière œuvre. Chrétien paraît avoir écrit, durant la plus grande partie de sa carrière, pour la cour de

Champagne, et plus particulièrement pour la comtesse Marie de Champagne, fille d'Aliénor d'Aquitaine. Son dernier roman est dédié à un autre puissant protecteur, Philippe d'Alsace, comte de Flandre.

Si l'on doit croire ce que l'auteur affirme dans son prologue, l'œuvre lui aurait été inspirée par un « livre » donné par le comte lui-même. Quelle est la part de cette source, dans le roman tel que nous le connaissons, et celle de l'imagination personnelle de Chrétien ? Le problème est difficile à trancher : contrairement aux modernes, un auteur médiéval aime à s'appuyer sur une autorité, une tradition, et revendique rarement son originalité.

La légende du roi Arthur

Chrétien de Troyes a choisi pour cadre à ses récits la cour du roi Arthur. Même s'il est le premier auteur de langue française à situer ses romans dans cette tradition légendaire, les principales composantes du monde arthurien sont déjà familières à son public. Des conteurs celtiques circulant entre la France et les îles Britanniques ont assuré la transmission orale de ces légendes. Des clercs plus savants ont fixé par écrit, dans des chroniques aux prétentions historiques, la silhouette du roi Arthur, de son épouse Guenièvre et de ses compagnons, les chevaliers de la Table Ronde ; les figures de l'enchanteur Merlin et de la fée Morgane sont déjà connues.

C'est Arthur, tout d'abord, roi de Bretagne : mais il faut entendre par Bretagne tout un vaste territoire celtique comprenant l'Angleterre, ou Terre de Logres, et le pays de Galles. D'autres royaumes, celtiques également, l'entourent : l'Irlande, la Cornouailles et l'Armorique (Bretagne française). Grand roi conquérant à la réputation glorieuse, Arthur s'entoure d'un compagnonnage guerrier, les chevaliers de la Table Ronde, dont les exploits font grandir le prestige de sa cour. Souverain généreux et sage, il s'efforce de faire régner le droit et la justice.

Quelques personnages autour de lui, présents dans tous les romans : Guenièvre, son épouse, modèle de courtoisie, parée de toutes les qualités féminines ; le sénéchal Keu, avec sa langue de vipère et ses manières brutales, à l'opposé de Gauvain, le neveu d'Arthur, dont la vaillance incontestée est tempérée par la vertu de mesure.

C'est ce cadre que Chrétien a choisi pour son *Perceval*, comme pour ses autres romans. La cour d'Arthur reste un point de passage obligé dans l'itinéraire de son héros : c'est là que Perceval va demander les armes qui lui permettront de devenir chevalier, c'est là qu'il enverra ses ennemis prisonniers, c'est là qu'il sera enfin reconnu et fêté.

Mais Chrétien ne laisse-t-il pas transparaître quelques doutes quant à la valeur du modèle arthurien ? Le premier tableau présenté par la cour est déconcertant : un roi affaibli, sans réaction devant l'outrage d'un vassal rebelle, des compagnons peu soucieux de venger l'honneur du roi et de la reine. Cette cour frappée de léthargie a besoin d'un sang neuf, qui va lui être apporté par un jeune Gallois, inconnu et quelque peu étrange.

Un roman d'éducation

À la différence de ses autres héros, Chrétien n'a pas choisi pour ce dernier roman un chevalier accompli. Le fils de la Dame Veuve, élevé à l'écart de la société chevaleresque à laquelle sa naissance le destinait, est un jeune sauvage. L'auteur s'amuse, et amuse son public, avec sa découverte du monde et les inévitables bévues auxquelles sa naïveté l'expose. Les premiers épisodes font sourire aux dépens du héros, ignorant tout des codes sociaux, mais parfois aussi aux dépens d'une société et de ses conventions : les réflexions du jeune Perceval ne sont pas toujours dénuées de bon sens !

Il n'en reste pas moins que toute la première partie de l'œuvre est consacrée à l'éducation du jeune homme dans les domaines essentiels qui feront de lui un adulte intégré dans la société : éducation chevaleresque, amoureuse et religieuse.

Sur ce chemin, l'auteur sème des éducateurs : le récit est scandé par leurs discours. Les recommandations de la mère, trop théoriques et mal assimilées, donneront lieu à des erreurs comiques. Arthur s'étant montré inapte à ce rôle, c'est Gornemant qui conduira l'éducation chevaleresque de Perceval : ses instructions, indispensables à l'intégration sociale, mais, là encore, mal comprises par le héros, le conduiront à l'échec au château du Graal. Les conseils de l'ermite, enfin, reprenant en partie ceux de la mère, achèveront son éducation morale et religieuse. Discours parallèles, mais avec de subtiles variantes qui traduisent bien le rôle dévolu à chaque éducateur.

Le schéma d'apprentissage domine dans cette première partie de l'œuvre : erreur, intervention d'un éducateur, réussite. Ainsi, pour l'usage des armes : avec son javelot, Perceval tue le Chevalier Vermeil contre toutes les règles ; il reçoit les conseils de Gornemant qui lui apprend le maniement des armes, mais aussi à épargner son adversaire ; il vainc dans les règles Clamadeu puis l'Orgueilleux, et les envoie à la cour d'Arthur. Son éducation sentimentale suivra un schéma similaire : il brutalise et met en danger la Demoiselle de la Tente ; il s'éveille à l'émotion amoureuse avec Blanchefleur et combat pour elle ; il s'élève à l'image rêvée de la dame, ce que les troubadours nomment « l'amour de loin », avec l'épisode des trois gouttes de sang.

C'est l'enseignement moral et religieux qui se présente de la manière la plus complexe. Dès le début du roman, l'itinéraire de Perceval est marqué par une faute qui pèsera sur sa destinée : il laisse sa mère « comme morte » sur le seuil du château et refuse de revenir sur ses pas. L'ermite lui révélera bien plus tard que c'est ce péché qui lui a « tranché la langue » en présence du Graal. Ce n'est pas tant la nécessaire séparation d'avec sa mère qui lui est reprochée que son insensibilité, sa dureté de cœur. Cette incapacité à saisir la souffrance d'autrui s'est manifestée maintes fois : il ne s'intéresse ni aux larmes de la Demoiselle de la Tente, ni à la honte d'Arthur, ni aux souffrances du Roi Pêcheur, ni à la douleur de sa cousine pleurant son ami mort. Chaque fois, il se réfugie dans l'action, dans la poursuite de l'exploit chevaleresque. En somme, en termes chrétiens, ce qui a manqué à Perceval, c'est la charité : ce sera une part importante de l'enseignement de l'ermite.

Un nouvel idéal chevaleresque

Ainsi se dessine peu à peu l'idéal de chevalerie que tente de promouvoir Chrétien dans son dernier roman, le plus ambitieux. La perfection courtoise, fondée sur l'exploit chevaleresque et le service de la dame, cette perfection incarnée par la cour d'Arthur ne suffit plus. Lorsque la Demoiselle Hideuse viendra, après son apostrophe à Perceval, proposer à cette cour les exploits coutumiers, aventures périlleuses et aides aux dames en détresse, tous les chevaliers se précipiteront avec enthousiasme vers une voie qui leur est habituelle. Seul Perceval dira « tout autre chose » : il jurera de retrouver le château du Graal. Accueilli et fêté à la cour d'Arthur, devenu l'ami de Gauvain, Perceval pourrait se contenter de cette gloire chevaleresque mondaine, un peu superficielle. Mais son destin, c'est la quête du Graal, une quête spirituelle où les exploits guerriers ne lui serviront à rien. Il ne le sait pas encore et s'égarera dans cinq années d'errance stérile qui le mèneront à une sorte de désespoir, manifesté par l'oubli de Dieu. Retrouver Dieu et faire pénitence de son péché sont les seuls moyens de progresser dans sa quête. L'ermite jouera un rôle fondamental, comme éducateur spirituel, mais aussi comme initiateur aux mystères du château du Graal.

En effet, et c'est ce qui fait la complexité de son

œuvre, Chrétien a choisi, pour représenter cette quête spirituelle, de faire appel au merveilleux celtique, avec le château du Graal.

Les légendes celtiques

Le fonds celtique n'a pas seulement fourni au roman le cadre de la cour d'Arthur. Chrétien de Troyes lui a également emprunté un certain nombre de thèmes mythiques ou légendaires.

Le château du Roi Pêcheur possède des traits caractéristiques du monde féerique : château magnifique où l'accueil est somptueux, château qui semble défendu par une frontière aquatique, château qui peut se révéler subitement désert. Plus étrange encore, il semble avoir la faculté d'apparaître ou disparaître à volonté, d'où les étranges questions du Roi Pêcheur puis de la cousine ; Perceval le recherchera en vain pendant cinq ans !

Le Roi Pêcheur, roi blessé, infirme, possède des traits communs avec des divinités celtiques telles que Dagda ou Bran, dieu marin possesseur d'un chaudron magique qui procurait une nourriture abondante. Le thème du dieu ou du roi atteint d'une blessure mystérieuse entraînant la stérilité n'est pas rare dans les légendes celtiques : le « coup douloureux » ou « coup félon », porté par une lance, frappe le roi à cause d'une faute ou d'une malédiction, et son royaume devient une « Terre Gaste ».

Quant aux objets qui apparaissent, portés en cortège dans la salle du festin, ils rappellent les objets magiques ou talismans des anciens dieux de la mythologie celtique. La lance qui saigne a bien des caractéristiques de la lance de Lug, dieu de la foudre, une lance sanglante ou enflammée, avide de carnage : lorsque Gauvain se voit imposer sa quête à Escavalon, il est rappelé la prédiction selon laquelle elle pourrait ravager la Terre de Logres. Le Graal, large plat creux qui accompagne le service du repas, est bien proche du chaudron magique de Dagda, pourvoyeur de nourriture.

C'est cependant à propos du Graal qu'intervient le premier et le seul élément de christianisation apporté par Chrétien de Troyes aux objets magiques : l'hostie qui maintient en vie le vieux roi malade. Les habituelles nourritures matérielles (« brochet, lamproie ou saumon ») sont remplacées par une nourriture spirituelle.

Si le roman est profondément chrétien dans son inspiration morale et religieuse, l'auteur a conservé leur parfum de magie et de mystère aux légendes dérivées des vieux mythes celtiques. Les continuateurs en useront bien autrement.

Un roman inachevé

Chrétien nous a en effet laissé un roman inachevé ; c'est selon toute probabilité la mort qui l'a empêché de le terminer.

Mais que de questions sont ainsi restées sans réponse ! Que sont donc le Graal et la lance, ces objets mystérieux ? Perceval reviendra-t-il au château du Graal ? Guérira-t-il le Roi Pêcheur ? En dehors de ces interrogations essentielles, certaines aventures restent manifestement en suspens : les amours du héros avec Blanchefleur, la menace de l'épée destinée à se briser.

Le roman de Chrétien avait certainement connu un grand succès : les nombreuses copies conservées dans des manuscrits en témoignent. Il s'est donc trouvé, dans les cinquante années qui ont suivi son œuvre, une bonne douzaine d'auteurs qui ont voulu, d'une façon ou d'une autre, « continuer » *Perceval*, ou bien le raconter à nouveau en entier selon leur propre version. Il est impossible d'entrer ici dans le détail de ces œuvres. On peut cependant définir l'orientation générale donnée par les continuateurs : c'est celle d'une christianisation de la légende.

Si le roman de Chrétien était profondément imprégné de valeurs chrétiennes, on a constaté que le Graal et la lance étaient pourtant restés très proches des objets magiques des légendes celtiques.

seul pas vers la christianisation : l'hostie contenue dans le Graal. Avec les continuateurs, ces objets vont être identifiés à des reliques de la Passion du Christ.

Dès la *Première Continuation*, on apprendra que la lance qui saigne est la « sainte lance », appelée aussi « lance de Longin », du nom du soldat romain qui perça jadis le côté du Christ en croix.

Mais c'est avec *Le Roman de l'histoire du Graal*, de Robert de Boron, vers 1200, qu'aura lieu la mutation essentielle de la légende : le Graal est, selon sa version, le vase de la Cène, dernier repas de Jésus ; le sang qui coulait de ses blessures après la crucifixion y aurait été recueilli par Joseph d'Arimathie, qui l'aurait ensuite rapporté en Grande-Bretagne et laissé à la garde de ses descendants, les rois du château du Graal.

L'adaptation de l'œuvre

En reprenant le roman de Chrétien de Troyes, il était indispensable de lui apporter un dénouement, mais qui soit le plus près possible de l'esprit du maître champenois. Il fallait donc ne pas aller plus loin que lui dans la christianisation, et respecter le sens des légendes celtiques où il avait puisé : Perceval était appelé à guérir le Roi Pêcheur et à sauver la Terre Gaste des conséquences du « coup douloureux ». Son destin était de régner sur le château du Graal et d'assurer une postérité à son lignage.

Il importe cependant de distinguer avec précision ce qui, dans ce livre, est de Chrétien de ce qui a été puisé dans les diverses continuations et de ce qu'il a parfois été nécessaire d'inventer pour assurer la logique du récit.

L'héritage de Chrétien

Les chapitres 1 à 14, ainsi que le chapitre 16, suivent le roman d'origine. Quelques coupures ont été pratiquées pour épargner au lecteur des longueurs. À l'inverse, à trois reprises, des détails ont été ajoutés, dans le but d'éclairer le sens de l'œuvre :

Lors du don de l'épée au château du Roi Pêcheur, le nom du possesseur fait partie de l'inscription gravée sur la lame. En fait, Chrétien n'en fait pas mention, et la découverte de son nom par Perceval, le lendemain, n'en est que plus mystérieuse.

La généalogie de Perceval a été légèrement modifiée. Chez Chrétien, ce sont le vieux roi malade, l'ermite et la mère qui sont frères et sœur. Le Roi Pêcheur serait donc le cousin du héros. Presque tous les continuateurs ont corrigé ce détail. Il est bien plus vraisemblable d'en faire l'oncle de Perceval, la tradition celtique accordant un rôle privilégié, dans l'éducation et la transmission, à l'oncle maternel (ainsi Arthur et Gauvain, Marc et Tristan).

Chrétien ne faisait que suggérer le pouvoir nourricier du Graal, passant à travers la salle lors de chaque service du repas (ce que l'hostie portée en communion au vieux roi ne justifiait pas). L'idée d'un Graal remplissant magiquement les écuelles des convives des meilleures nourritures vient de la *Première Continuation*, qui donne une version bien plus archaïque de la légende (le Graal traverse la salle en flottant dans les airs !).

Le dénouement des aventures

Les aventures de Gauvain faisaient partie intégrante du roman de Chrétien. Les chapitres 13 et 14 en sont donc l'adaptation. Restait à trouver un dénouement à la quête de la lance, initiée par Chrétien lors de l'épisode d'Escavalon. Tous les continuateurs concordent en effet sur ce point : Gauvain se présente au château du Graal, et il ne parvient jamais à réussir totalement l'aventure, destinée de toute évidence à un autre. La *Première Continuation* lui accorde cependant de recevoir des révélations sur la lance et, ce faisant, de rendre la fertilité à la Terre Gaste. C'est à cette version qu'on s'est rallié ici. Dans le même texte, on voit aussi Gauvain lavé de l'accusation de trahison et réconcilié avec le roi d'Escavalon (mais le personnage de Greoréas, son ennemi haineux et perfide, vient de Chrétien).

Le degré de réussite de Gauvain dépend en fait du degré de sympathie de l'auteur pour son personnage et les valeurs qu'il représente. Chrétien décrivait avec ironie, mais aussi avec une indulgence amusée, les relations du neveu d'Arthur avec la gent féminine. Il a semblé juste de lui permettre l'entrée au château du Graal pour avoir défendu même la plus laide des femmes... et tout aussi juste de le faire échouer à cause de la beauté de la porteuse du Graal (cette dernière idée figurait déjà chez l'un des remanieurs de la *Première Continuation*).

La Demoiselle Hideuse était une création de Chrétien, mais son rôle se bornait à son intervention à la cour d'Arthur (chapitre 12). Il était indubitable cependant qu'il s'agissait d'une messagère du château du Graal : on lui a donc confié le rôle de guider Gauvain vers celui-ci. L'idée qu'elle puisse constituer un seul et même personnage avec la porteuse du Graal a été avancée par plusieurs spécialistes des traditions celtiques : la figure mythique de la Souveraineté de l'Irlande, qui apparaît au futur roi, se présente tantôt sous la forme d'une hideuse sorcière, tantôt sous celle d'une fée radieuse.

Les aventures de Perceval s'arrêtaient, chez Chrétien, à sa sortie de l'ermitage. On pouvait prévoir un retour enfin rendu possible au château du Graal, mais restait en suspens l'aventure de l'épée brisée à reforger, annoncée à deux reprises dans le roman. La source des chapitres 17 et 18 est la *Quatrième Continuation*, de Gerbert.

Le chapitre 17 met Perceval aux prises avec le lignage du Chevalier Vermeil. Le thème du cadavre amené mystérieusement, et qui désigne son meurtrier, est typique de la tradition celtique et il était intéressant de le conserver. Seul le nom de l'adversaire de Perceval a été changé : le choix de Partinal de la Vermeille Tour (issu de la *Troisième Continuation*, de Manessier) permettait d'établir une relation plus étroite avec son frère le Chevalier Vermeil. Le dénouement du combat, il faut l'avouer, a été inventé : il était à la fois nécessaire que l'épée de Perceval se brise et que le héros soit sauvé ! L'oraison enseignée par l'ermite, dans le récit de Chrétien, était appelée à produire un effet miraculeux de ce type.

Le chapitre 18 suit assez fidèlement le texte de Gerbert, où l'on voit Perceval obligé de combattre deux dragons pour parvenir jusqu'au forgeron Trébuchet.

Le dernier chapitre posait le problème du dénouement ultime de *Perceval.* Retrouver le château du Graal, poser les questions magiques, guérir le Roi Pêcheur étaient des nécessités absolues : ce dénouement a été inspiré par le *Perceval en prose*, attribué à Robert de Boron. C'est de lui également que vient l'intervention de Merlin qui met Perceval sur la voie du château. Il était impossible en revanche de suivre les auteurs tardifs qui attribuent à Perceval une fin ascétique édifiante, conforme à un idéal de sainteté clérical. Rien de plus étranger à l'humanisme de Chrétien, pour qui valeurs humaines et valeurs chrétiennes n'ont rien d'inconciliable : Perceval est destiné à vivre « dans le monde », à retrouver son lignage et à le sauver en assurant sa continuité dynastique. C'est bien ainsi que l'avait compris Wolfram von Eschenbach, dans son *Parzival* en allemand, écrit peu après l'œuvre de Chrétien. Il était donc indispensable que le héros épouse Blanchefleur et règne un jour sur le château du Graal.

Table des matières

« Pour l'éditeur, le principe est d'utiliser des papiers composés de fibres naturelles, renouvelables, recyclables et fabriquées à partir de bois issus de forêts qui adoptent un système d'aménagement durable. En outre, l'éditeur attend de ses fournisseurs de papier qu'ils s'inscrivent dans une démarche de certification environnementale reconnue. »

Composition JOUVE – 53100 Mayenne
N° 300667u
Imprimé en Espagne par BLACK PRINT CPI IBERICA S.L.
32.10.2418.5/08- ISBN : 978-2-01-322418-5
Loi n° 49-956 du 16 juillet 1949 sur les publications destinées à la jeunesse
Dépôt légal : avril 2012